铁骑丽人

速度与激情的炫美诠释

简明 著

中国社会出版社
国家一级出版社 · 全国百佳图书出版单位

图书在版编目（CIP）数据

铁骑丽人：速度与激情的炫美诠释／简明著．—北京：中国社会出版社，2015.9

ISBN 978－7－5087－5110－8

Ⅰ.①铁…　Ⅱ.①简…　Ⅲ.①新闻采访—作品集—中国—当代　Ⅳ.①I253

中国版本图书馆 CIP 数据核字（2015）第 171927 号

书　　名：铁骑丽人——速度与激情的炫美诠释

著　　者：简　明

出 版 人：浦善新

终 审 人：李　浩

责任编辑：魏光洁　　　　**责任校对：**张爱华

出版发行：中国社会出版社　邮政编码：100032

通联方法：北京市西城区二龙路甲 33 号

电　　话：编辑室：（010）58124851

邮购部：（010）58124848

销售部：（010）58124845

传　真：（010）58124856

网　　址：www. shcbs. com. cn

经　　销：各地新华书店

中国社会出版社天猫旗舰店

印刷装订：中国电影出版社印刷厂

开　　本：170mm×240mm　1/16

印　　张：14.25

字　　数：170 千字

版　　次：2015 年 8 月第 1 版

印　　次：2015 年 8 月第 1 次印刷

定　　价：38.00 元

中国社会出版社微信公众号

作者简介

简明，80后女孩。曾随队采访“新蜂女子车队”一年，多次赴全国摩托车比赛现场，参与她们的各项赛事活动。采访报道出女子赛车手们精彩、真实的别样人生。作者曾在上海《萌芽》《广州文艺》等刊物发表小说和散文《我是明星》《萌女孩》《土匪蒙难记》《艺校往事》多篇，现在北京工作。

因为有梦，所以勇敢出发；
心随车动，追逐纷彩云霞；
风吹过，雨淋过；
也哭过，也笑过；
赛道人生，虽有输赢，更有升华。

——简明心语

新蜂女子车队创始人、赛车手——李鹤

李鹤与新蜂队员们赛前开心一刻

▲赛后合影。左起：高羚芝、王艳、李鹤、李睿纭、陆少妹

网络编辑、实力派赛车手——李玥

▲李玥(右一)与李鹤

▶ 等待比赛

▲比赛中

台湾名模、美女车手——李睿纭

▼2013 年全国公路摩托车锦标赛（上海站）
李睿纭获比亚乔踏板 125CC 组个人冠军

吉尼斯世界纪录保持者、90后小魔女——陈丹丹

▲2014 年全国公路摩托车锦标赛(三水站)新蜂女子车队获团体冠军,李睿纭、陈丹丹领奖

▲2010 年，立马电动车飞跃黄河壶口瀑布表演，陈丹丹成为 18 米 3 吉尼斯世界纪录保持者

▲2014 中国–呼伦贝尔“皆佳”杯全国雪地摩托越野挑战赛，偶遇野生小狐狸

潜水教练、赛车手——王艳

▼王艳和李鹤（后排左二）、李睿纭（前排左一）、孙东华（后排左一）

中越混血美女、赛车手——陆少妹

▲2013 年全国公路摩托车锦标赛(三水站)比赛中的陆少妹

哈雷摩托女骑手——孟立海

▲沙漠丽影活动环塔大本营合影

▲参加 2013 年全国公路摩托车锦标赛(成都站)

京城女DJ、越野赛车手——魏伊梅

▲京城女DJ

▲2012年参加新蜂沙漠丽影环塔拉力赛

▲参加川藏慈善行活动

高级红酒师、拉力赛车手——孙东华

孙东华（右一）和李睿纭

▲2010 年参加新蜂女子车队川藏慈善行

▲参加全地形车比赛

新蜂女子车队精彩集锦

▲2010 年新蜂女子车队川藏慈善行活动圆满结束，车手们到达终点拉萨。CCTV5《赛车时代》全程跟踪采访，并拍摄专题片《勇闯川藏线》

▲女车手们在路上。专题片《丝路穿越进行时》由 CCTV5《赛车时代》全程拍摄

▲巾帼不让须眉，新蜂女车手与男车手同场竞技

▲新蜂女子车队全体队员参加浙江电视台节目录制

▲国家汽车摩托车运动管理中心摩托部副主任龚红果（右一）与李睿纭、陆少妹在领奖台

▲2014年全国公路摩托车锦标赛（三水站），新蜂女子车队李睿纭和陈丹丹勇夺团体冠军

看，这群热情奔放、执著坚韧、美丽热辣、光彩照人的姑娘们……

目　录

引 言

京城有支很牛的女子摩托车赛车队。

这支车队之所以牛，是因为它是目前中国摩协唯一注册的女子赛车队，车队的女车手参加男子摩托车组别比赛，和男车手同场竞技狂飙。

仅仅是参加男子组比赛还不能说牛，车队从2012年正式组队参赛，到2014年年底，两年时间，这帮女子生生从大老爷们儿那里赢得了2个冠军、3个亚军、4个第三名，捧回9个奖杯。

更重要的是，你不说她们牛都不成，因为这个车队的全称叫“新蜂女子摩托车队”。“新蜂”——英语“New Bee”，音译是什么？就是“牛逼”。

新蜂女子车队的创始者叫李鹤，别名奇奇，目前是车队的经理兼赛车手。

新蜂女子摩托车队有自己的网站，李鹤在网站上是这么介绍自己的：

偶，中华人民共和国公民

姓名：李鹤；别名：奇奇

性别：女

性格：男

职业：摩托车赛车手

年龄：看着办吧（永远徘徊在25～35）

三围：随心情、时间和空间而变化

星座：天蝎座

血型：O

喜爱的颜色：白色

喜欢的食物：姥姥做的炸酱面和糖蒜

爱好：极限运动

性格魅力：集疯狂与淡定于一身

优点：靠谱

缺点：大头

常用表情：傻笑

口头禅：得

其他特长：英文凑合能说，带点儿北京口音；舞蹈凑合跳跳，劈叉没戏；学什么都挺快，忘得也不慢

座右铭：个性决定命运

最爱一句话：活着就为了折腾。

李鹤的故事确实很折腾，或者说，很牛逼。

初识赛车

2009年5月9日上午，广东省佛山市三水森林公园赛车场内引擎轰鸣，随着裁判员旗子一挥，赛车手们如离弦之箭冲上赛道，各地媒体记者们的闪光灯在狂闪，观众的尖叫声此起彼伏，像是要把整个赛车场给掀翻……2009年全国公路摩托车锦标赛三水站的比赛拉开序幕。

中国摩协每年要举办全国公路摩托车锦标赛（CRRC），比赛一般包含4~5个分站，在全国不同的地方进行，每个参赛选车按照比赛成绩取得相应积分，最后以积分多少决出年终总冠军。三水站是2009年的第一站。

这站比赛颇具看点：第一是人多，报名参加首站比赛的车队总数量为10队，车手总人数达到76人，而去年同期这一数据分别为6队和41人。车队和车手的大量增加提升了赛事竞争激烈程度，使赛事的观赏性得到极大的增强，吸引了来自全国30多家媒体采访。看点之二是年轻，比赛车手的平均年龄为20.2岁，是CRRC有史以来参赛选手平均年龄最低的一次。最小的参赛选手是来自贵州省源泉赛车队的周盛俊杰，年龄只有10岁，他也是十年来参加公路赛事年龄最小的车手，还是个小屁孩儿，老爸后面跟着伺候。另外两个车手陈远航和陈鹏远，也才13岁。这帮娃娃兵都是第一次参加正规比赛，但据说实力不俗，将向老将们发起强力挑战。看点之三是新人多，这次76名赛手中，以个人名义参赛的车

手高达 26 人，大都是初次参加 CRRC 赛事。一般来讲，个人参赛，一般很难取得好成绩，这是因为个人财力有限，训练不系统，又没有名师指点，技术上很难提高，即便有些天赋很高的车手在比赛中占得先机，但也很难招架车队选手团体协同作战，几个掩护战术配合，就让单枪匹马的赛手出局。即便如此，以个人名义参赛的选手依然热情高涨。其中原因，一方面是本人热爱摩托车运动；另一方面确实身手不错，想通过比赛，让那些车队的老板看到自己的技能和潜力，从而得到加入车队的机会。历年比赛中，草根逆袭成功的不乏先例，民间藏龙卧虎，谁也不知道会蹦出个什么大咖来。看点之四就劲爆了：本次来了三个女车手参赛，其中李玥、陈娟娟来自北京，另一个叫陆少妹的来自广西百色。

女赛车手之所以引人注目，是因为摩托车比赛不设女子组，女赛手要参加比赛，就要和男子同场竞技。在一群大老爷们儿驾策铁马呼啸冲杀的天地，忽然有几个小女子前来叫板，且不说成绩如何，光那靓丽的身影，就很扯眼球。

比赛进行得如火如荼，谁也没有注意到，在赛场边，有一个身材高挑的女孩，傻呆呆地盯着那些风驰电掣般的摩托车。

这就是李鹤。

李鹤是平生第一次到现场观看摩托车比赛，那种山呼海啸般的气势真把她震了。赛道上那些争先恐后、恣意狂飙的赛车手让她血脉贲张，跃跃欲试。我靠，这不正是姐姐我愿意干的事吗?!

李鹤来到三水不仅是来观看比赛，她是想加入一个车队，当一名职业赛车手。

不过说来有些可笑，在此之前，她从来没有参加过比赛，甚至根本就没有骑过赛车。

能来到三水，得益于龚红果的帮助。

龚红果是国家体委汽摩中心摩托车部副主任，负责摩托车竞赛和宣传。龚红果人如其名，长着一张圆圆的脸，皮肤白中透红。她是湖南长沙人，出身于体育世家，父亲以前是湖南省体工大队队长，篮球运动员，母亲是排球运动员，哥哥踢足球，而龚红果本人以前则是湖南女子垒球运动员，所以大家都称他们为“四大球”家族。龚红果 1995 年到摩协工作，2003 年，她成为国际摩联越野委员会委员。由于会讲一口流利的英语，她多次带队参加国际大赛，积累了丰富的经验，对赛车手的选拔也有自己独特的眼光。龚红果和李鹤初次相识是在 3 月份的一天下午，当时龚红果正在位于北京体育馆西路旁边的体委汽摩中心办公室忙活，筹备 5 月份即将在广东佛山三水举办的摩托车全锦赛，这时李鹤来了。“请问哪一位是龚老师?”李鹤站在门口毕恭毕敬地问。

龚红果抬起头：“我是。”

“龚老师你好，我是李鹤。”

龚红果怔了下，随即反应过来。前两天同事向她说起过有个叫李鹤的女孩想参加摩托车车队，让她举荐，关照一下，看来就是眼前这位。

龚红果打量对方。李鹤一米六五左右的个头，身材健美纤瘦，皮肤光洁微黑，耳挂大银圈耳环，一头大波浪长发扎成马尾拖在脑后，显得个性十足。

“你会骑摩托车?”龚红果带着怀疑的语气问，从装束气质上讲，这位时尚女孩像个跳舞的。

“会。”李鹤答。

“多久了?”

“两个多月。”

龚红果怔下："在哪儿骑？"

"溜街，也跑山。"

龚红果愣了一会儿，哇靠，这算会骑车？街上跑的那些摩托车和赛车是两回事。

"你确定要去赛车？"龚红果再次问。这个身材纤瘦的女孩让她不大放心，打扮也有花瓶的嫌疑。是心血来潮吧？

"要去赛车。"李鹤很肯定。

龚红果想了一会儿。作为摩托车运动项目的负责人，她希望有更多的人喜爱和参与进来。虽说现在摩托车的大环境并不乐观，各大城市都在限摩，但这并没有减少群众对摩托车的热爱。警察每天都为满大街的飙车头痛。其实与其堵，不如疏，把摩托爱好者吸引到正规赛事，岂不是一举数得？这样，既满足了群众需要，又提高了摩托车竞技水平。所以，龚红果对李鹤想赛车的念头很欢迎，问题是，哪个车队愿意接收一个一张白纸的选手，而且还是一个女孩。

不过既然是朋友相托，这位女孩又如此坚决，龚红果决定还是要帮忙。

思索一阵，龚红果给在珠海的 S&S 车队老板兼教练萧国滔打电话，说这里有一个很不错的车手，女孩，很棒，条件没的说；你们看看，可能的话就收下来。

萧国滔原是香港著名车手，家境不错，从小被送到日本和欧洲去学习赛车，曾经拿过澳门街道赛五届冠军，后来组建 S&S 车队，在珠海有一个训练基地。他培养过多名全国冠军，车队常年参加全国比赛，屡获佳绩。对于龚红果的隆重推荐，萧国滔没有多问就满口答应下来。虽说是一个女孩，但副主任推荐的，肯定不会错。谁的车队也不会拒绝一个有潜质的车手。

电话那边怎么说的，李鹤不知道，但龚红果说她是很棒的车手她听清了。“我行啊我！”李鹤立时觉得自己已经成了赛车手，有点儿不知云里雾里。

“过几天广东三水有一个分站赛，萧国滔的车队要参赛，你和我一起去看看。见见教练。”龚红果知道一个才骑了两个多月摩托车的女孩水平是什么样，不过不忽悠一下，人家连看一看的兴趣都没有，至于成不成，就看造化了。

就这样，李鹤和龚红果到了三水。这是她第一次看摩托车比赛，在这之前，她根本就没有见过现场比赛是什么样。

李鹤正心潮澎湃地看着比赛，龚红果找到李鹤，说是一起去P房见见教练。

李鹤不知道什么是“P房”，觉得这个名儿好雷人哟——“屁房”！哈！后来她才知道，“P房”是英文PitLane（维修站）的简称。每个车队参赛都会在赛场边有个“P房”，说白了就是整备间，队员休息，维修车子都在那里。

S&S车队的P房内，萧国滔正在和技师为参赛选手检测试车。他手下猛将如云，队员于洋、蔡子扬都得过全国冠军；爱徒袁际博还在去年全国公路摩托车锦标赛上海站比赛中取得宗申比亚乔150cc组第一名，本站要再接再厉争夺豪爵铃木125cc组别的冠军。

龚红果和李鹤来了。

“萧师，我把人带来了，她就是李鹤。”龚红果说。

萧国滔四十多岁，圆脸，身材不高，但挺结实，他淡淡地对龚红果和李鹤简单地打了个招呼后便忙活去了。

超严肃啊！李鹤有一种不妙的感觉。

龚红果看出了李鹤的心思，笑道："萧师很严格，话也不多，是好人。跟着他，没错的。"

比赛于第二天下午结束，三个组别的冠军分别出炉：豪爵铃木125cc组别的冠军果然被袁际博夺得，新感觉150cc组的前三名则被来自重庆渝安新感觉车队的刘谭、杨斌、刘成龙三名车手包揽，而春风踏板组则是个人选手大爆发：150cc组别的冠军奖杯被个人车手陈志强捧走，125cc公开组冠军也被个人赛手罗锦清收入囊中。

那三个初次参赛的小屁孩儿果然不容小觑，他们和S&S车队袁际博同在一组，结果陈远航获得第四名，陈鹏远第五名，二人合力为车队夺得团体季军，而年龄最小的周盛俊杰也获得第10名。颇受瞩目的那三个参加春风踏板150cc组赛的女选手成绩则差强人意：李玥成绩最好，第十二名，取得8个积分；陆少妹和陈娟娟被甩到十七名之后，没有名次积分。考虑到她们都是以个人身份参赛，孤军作战，又是在如狼似虎的男人圈里拼杀，能坚持赛完，其勇气可嘉。尤其是李玥，本站比赛排名已是中游，取得8个积分就像狼口里夺肉一样，十分不易。

李鹤不认识这几个女选手，对她们的来历和名次也没有在意，只是觉得她们在赛道上的身姿超酷。这个身姿换成自己那就太爽了。一年后新蜂女子摩托车队成立，这三个女将都成了车队的骨干，和李鹤成为姐们儿。

这次看比赛，让李鹤对赛车有了初步认识，知道了比赛大致规则：每个车手要参加两场比赛，每场比赛要跑赛委会指定的圈数，第一名20个积分，第二名17个积分，第三名15个积分，以此类推，一直到第十五名1个积分，十五名之后就没有积分了，两场比赛的成绩积分相加就是最终总成绩；在两场正赛之前有个排位赛，也叫计时赛，计时赛的成绩决定正赛中出发位置（杆位），成绩好的排在前面，一出发就可以抢得先机，所以计时赛也很重要。不过这都是成为赛车手以后的事了，如果当不了赛车手，知道这些都没有毛用，最多是当一个内行的观众。李鹤现在担心的是教练萧国滔的态度。从龚红果介绍自己和他认识时，这位萧老板就没正眼看过自己。什么意思？当然，你也可以解释正忙着比赛呢。但是到底是收下自己还是拒绝，你好歹给个话啊。

李鹤的担心不无道理，实际上萧国滔此时心情确实有些郁闷，无暇顾及李鹤。这次虽然他的爱徒袁际博取得了豪爵铃木 125cc 组的个人冠军，但在团体赛中，车队却以一分之差输给了劲旅西安幼兽王车队。团体赛（也叫队赛）是取本队两个车手个人总成绩相加的分数，袁际博两场比赛都是第一名，但 S&S 车队的另一名选手高磊成绩不佳，两场比赛分获十一名和十三名，两人成绩相加偏偏比西安幼兽王车队少 1 分！就 1 分！憋屈！悲愤！窝火！这就跟篮球比赛被绝杀一样，明明看着要胜利了，结果却被翻盘！萧国滔怎么都想不通。萧国滔现在看什么都不大顺眼。

李鹤来的不是时候。

命中注定

比赛结束，李鹤随 S&S 车队前往珠海大本营。

三水到珠海 100 多千米，一路上萧国滔几乎没跟李鹤说过话，不停地在跟朋友和徒弟们说着比赛的事，一会儿鸟（粤）语，一会儿蹩脚的普通话，说的都是赛车的专业术语，什么“切线挂车”，什么“入弯收油出弯给油”……就好像李鹤不存在似的。这让李鹤忐忑不安。到了珠海会发生什么事，教练对自己什么印象，车队到底会不会收留自己，都是未知数。她忽然觉得自己像杨子荣深入匪穴一样，教练就是座山雕，他手下的徒弟是八大金刚，一个个虎视眈眈不怀好意。吉凶难测啊。

虽然心中忐忑，但李鹤不后悔自己的选择。玩摩托车，这是命！

李鹤是典型的北京妞儿，父母都在北京工作，家中还有一个比她大 9 岁的姐姐。李鹤小学和中学都是在北京上的，小学时，她当过班长，年年是三好学生，还参加过奥林匹克数学比赛，得过东城区二等奖，小学毕业后被保送进五中。这段时间李鹤算得上是乖乖女，但这位乖乖女在中学即将毕业时，忽然干了件石破天惊的事：在和父亲一次激烈的吵架后，愤而离家出走了！这年她 15 岁。

一个 15 岁的少女步入社会，首先就是生存问题。但李鹤觉得没有什么，她能自己养活自己。实际上她的生存能力确实强，上中学时，她就会赚钱，方式多样：给餐馆写贴在玻璃上的招贴字，一个字赚两块钱；

在T恤衫上画图，一件10元成本的衣服卖二三十块；另外还给玩滑板的人用丙烯在滑板上画图案，收个三五块不等；帮同学写作业也是创收的机会，收5毛钱脑力费不多吧，友情价；还有去官园批发文具然后卖给同学，赚取差价跑腿费……几学期下来，她居然赚了几百元钱，有了自己的呼机，当时她是全校同学中第一个有呼机的，那个时候连老师都没有。

离家出走后，李鹤住进了朋友家，开始在江湖闯荡，足迹往北到过沈阳，向南去过深圳，先后干过不少职业：舞场灯光、夜店DJ、私人编舞、美容师、公司白领、服装小老板、导游……其中还出国到德国法兰克福留学一年，和当地一个金发碧眼的老外来了一段时光短促但轰轰烈烈的恋爱。

2000年，李鹤21岁的时候，一个男生走进了她的生活。这位男生性格沉稳，脑子灵光，两人一起开装修公司，几年下来赚了人生第一桶金。公司运营不错，她和男友琴瑟和谐，李鹤也一度认为他俩迟早会走进婚姻殿堂。可有一天李鹤查账，无意中发现账上很多钱都对不上，经私下调查，此事竟与男友有关，而男友与公司一个女职员的关系早已不一般。

显然男友已劈腿，而这期间要债公司忽然找上门来，一切都乱套了……李鹤没想到电影里的狗血情节居然发生在自己身上，但冷静下来想想，这几年来，她并不了解男友，从恋爱到现在他们居然从没问过彼此的过去，只知道男友来自单亲家庭，而自己也是散养长大的孩子，都属于有故事的人。他们互相默契，谁也不问别人的过去，以为这样就是充分信任，不伤害感情。现在看，感情还是被伤害了，从一开始，两个人在一起就不是恋爱的感觉，更多的只是合作伙伴而已。

或许男友的所作所为有他自己的理由，但李鹤不能接受。事已如此，分手是唯一的选择。

公司失败，相恋六年的男友离开，几年的积蓄化为乌有……一连串的挫折让她大病一场，每天她都靠安眠药睡觉，分不清梦境和现实。就这样在家待了一年，可谓浑浑噩噩，如同行尸走肉。

一日，李鹤翻看过去的名片，发现身份还真不少：老板、美容师、白领、导游、DJ、编舞……从 15 岁到 20 多岁，她走着和普通孩子不一样的路，可谓琳琅满目，峰峦叠嶂，可哪一个才是真正的自己？她扪心自问：我到底是谁？我的生活要不要重新安排？我下一步要做什么？

翻了一些宗教、医学方面的书，没有满意答案。

既然没有答案，那她就必须自己解答。这么想了几天，一直睡不着觉，直到一日看到窗外东方破晓，朝晖射到床前，新的一天又来临了。李鹤忽然觉得自己好傻啊，我这是干吗？想死吗？不想。活着是给别人看的？不是。我是为自己啊！人生短暂啊，抓紧时间啊，开心活好每一天啊……想着想着，李鹤豁然开朗。

既然是为自己活着，那就活出个精彩，干一些以前没有干过的事。李鹤拿出张纸，在上面写上今后计划：给动画片配音、旅行、发生一场艳遇、吃别人不敢吃的东西、滑雪、攀岩、参加生存挑战、跳伞、潜水、骑摩托车……最后她还特别写上：“时间紧，任务急，少废话！”

此后李鹤开始按这张单子开干了。攀岩、旅行、滑雪她都轻易做到，艳遇也似乎朦朦胧胧地在发生……

转眼到了 2009 年 1 月，按照单子上的计划，该玩摩托车了。

在她以前的印象中，骑摩托一般是男人干的事，戴个墨镜急速飞驰，后座还搭个小妞儿，刺激又拉风。

生活中很少见女人骑摩托车。电影屏幕上倒是见过多次，大都杀手一类，一身黑色皮衣，靴子里藏着把匕首或者微型手枪，神秘而出，呼啸而过，拽拽的。

李鹤觉得自己可以拽一下。

在此之前，她开过四轮车，家中有一辆白色捷达轿车，2000 年买的，手动化油器的，车型虽老，但动力不错，给油推背感很强，李鹤管它叫“捷达君”，十分喜爱。但轿车和摩托车显然是两回事，虽然都是“车”，但属于两个不同种族，两码子事。

骑摩托要有驾照，这是必需的。李鹤先找朋友学了几天，脚下挂个挡，手上小油门一拧，完事，真是太简单啦。接下来她去考试，可没想到考试那天她刚一上路就摔了车，左手摔伤了，只能忍着痛单手扶把绕八字路，龇牙吸气地好容易熬到结束，一个警察过来笑呵呵看着她：“小孩儿，牛逼啊！”

“啊？”李鹤没明白。

“你还单手撒把！我看你干脆飙车去吧！”原来警察以为她是故意这么骑的。

李鹤立刻露以谦逊之色：“没有啊……再牛也牛不过警察叔叔啊……”

警察叔叔被捧得挺开心，没必要和一个姑娘过不去。也许在他心里，女孩敢骑摩托是挺牛的。

拿照后，李鹤花了 3000 多块请朋友买了辆小排量的 YAMAHA TZM150 摩托车，当天在地库骑了一圈后就上街了。往北，出五环，上高速，一马平川，视野开阔，李鹤一路疯跑，跟在一辆大奔后面撒欢儿，给油、超车，风从耳边掠过，凉飕飕的，心情那一个澎湃。原来摩托车和轿车最大的一个区别就是除了车身灵巧以外，摩托的驾驶者完全融于自然旷野之中，那种天人合一的感觉真是妙不可言。到了加油站，李鹤靠着车，哼着小曲儿，很陶醉地养神儿，这时大奔也进来了，司机是个壮汉，一腮威猛胡子，他瞪起牛眼："美女，你知道刚才你开多快吗？190 哇。"

李鹤笑笑："要不一会儿咱再跑一段？"说完跨上车，一溜烟儿跑了。

李鹤就这样进入了北京摩托界。

这时的京城摩托圈和全国大多数（甚至可以说世界大多数）城市里的状况一样，骑摩托车的人大概可以分为几类：代步、飞街（豁街）、跑山、旅游、比赛等，各人根据自己喜好和财力选择不同车型。用于代步的往往是上班族，摩托车是交通工具，骑的一般是踏板车（电影《罗马假日》赫本骑的那种，不用换挡，加油门就走）或是普通的小排量街车；飞街的是发烧友，这种人喜欢在车流人群中穿梭追求速度刺激，由于使用的一般都是超过 600cc 大排量并改装的摩托车，引擎爆响轰鸣，所以又称"炸街"，这个很令市民反感，也经常被投诉。旅游的则是在路上很潇洒地溜达，选择的车型大都是有些来历的，有名的牌子就是哈雷了，电影《终结者》中施瓦辛格和《灵魂战车》中凯奇就是这种车。这种巡航车适合旅行，样子也酷，但价格不菲，比普通轿车还贵。还有就是玩赛车的，这里又分为公路赛车和越野赛车。北京的金港赛车场和狂飙乐园是摩友们经常切磋论道的地方，那里时不时举办几场摩托车公路比赛，邀请民间各路豪杰参加，并仿效职业比赛设置奖杯，为那些进不了专业车队但疯狂热爱摩托车的草根们满足一下荣誉感。

很快，李鹤认识了一帮摩友，这里面有做保险的志国，炒股的雕哥，车行老板平哥；还有一个骑着一辆滑胎越野赛车的老外 Arron，英国人，中文名字叫小毛阿龙什么的，是一个时装模特。大家职业不同，但热爱摩托车的理由却相同：追求风一样的自由。

李鹤买的是普通的街车，适合城市代步，当然，要是仅仅是代步，李鹤就不骑摩托车了，她还要追求速度与激情。李鹤先是在高速路上撒欢玩直线狂飙（不提倡啊），一个月后就跟着摩友志国去跑山，一般去京东北的怀柔、延庆。跑山让李鹤感觉来点儿意思了，山路弯弯，车在弧线弯道上飘逸地滑来滑去，那滋味很爽，像是贴地飞行，比豁街强多了。

李鹤虽是菜鸟，却很快以痴迷和胆大著称，三天两头就找人带她跑山去，一上路就火拼，谁也不知道她什么时候跑丢了，又什么时候钻出来（就怕钻不出来哈）。这种玩命的状态让志国很担心：你要是真想骑摩托车，干脆进车队赛车去，这样下去太危险了。咱们是爱摩族，不是飙车党。摩界和魔界只是一字之差，却是天壤之别，稍不留神就跨界，战神和杀手的变换就在一瞬间。

志国说这话很严肃，那时北京“二环十三郎事件”余波未了，摩界正在进行飙车危害大讨论。“二环十三郎”说的是当时车族圈有一传说：某人号称“二环十三郎”，在某天晚上九十点之间，开着自己改装的轿车用不到13分钟跑完北京二环全程，北京二环全长32.7千米，是出了名的拥堵路段，当时那种状况，即使是熟练的老司机都要花至少80分钟跑完这段路程，而这位“十三郎”以每分钟超出266辆车的速度完成了“壮举”。据称如果车少一点儿，他甚至可以在8分钟跑完全程。这位大神不仅飙四轮车，摩托车也不含糊，据说曾经骑着摩托车在六环上以每小时315千米的时速狂奔，F1不过如此吧？不过这都是圈子内的传说，真人大多没见过，警察也不了解，将信将疑。当日历翻到2006年2月10日这天，真神现身了：当天晚上21时47分，北京交警大队监控中心发现，东二环朝阳门北向南方向主路上出现两辆飞速行驶、“咬”得很紧的轿车。两车反复并线、疯狂穿插，两车所过之处，险情不断，不少受惊车辆几乎发生碰撞。十分钟后，这两辆车已经到了西二环的复兴门桥。在当时的时间段，从朝阳门出发绕二环至复兴门桥，一般的司机需要30分钟的时间，这两个家伙仅用10分钟！警察立即采取封堵措施，缉拿此车。北京市西城交通支队西4队副警长康晓利用了4分钟时间赶到了复兴门桥2000米之外的阜成门桥，但却发现，这两辆车已经绝尘而去。

疯狂在继续，21时59分，两辆车到达西二环和北二环交接处的西直门桥。前来封堵的交警熊立军一看他们车速太快，没办法截，马上赶到西直门桥南出口处，把二环路四条车道全都给断掉。这一下，二环路北段几乎全被堵塞，两个飙车的家伙终于被抓住。经过调查，其中一人果然就是“二环十三郎”。这位郎真名叫陈震，北京人，二十来岁，戴个眼镜，看上去很斯文，原是搞IT的，后来玩改装车。另一个和他火拼的是张瑨，一个职业赛车手。

北京交警事后解释说，这是一种典型的飙车行为——飙车未必是超速，超速也未必是飙车，飙车指的是他们这种在道路上互相穿插追逐，对其他车辆安全行驶构成威胁，这叫飙车。换言之，他们这种行为可以被界定属于危害公共安全的范畴。事后，“十三郎”被拘留7天，罚款500元。而职业车手张瑨，因此被中汽联取消了参加职业比赛的资格。

当时作为摩界优秀车手的郭放曾作为赛车手代表在当天的《新闻联播》里有一段采访。郭放说：“作为一个赛车爱好者，他的价值应该体现在赛道上，与时间赛跑，与自己竞争，而不是在公共道路上，拿自己和别人的生命去冒险。”

后来陈震从良，到赛场上赛车，2008 年开始参加场地房车赛，接着又参加国内的公路摩托车赛事。他成绩算不上顶尖，但也过得去，还和郭放同场竞技过。

以李鹤的性格，如果任其发展下去，她成为“二环十三姐”也并非没有可能。好在她的法律意识还强，违法的事小女子是不干的。赛车，可以考虑。

其实志国只是这么一说，目的是劝阻李鹤悠着点儿，适可而止。谁也没想到一个菜鸟去赛车，还是一个女孩。

然而李鹤打定了主意，既然骑上了摩托车，既然爱上了摩托车，那就玩出个范儿来，当赛车手，为什么不?

之后她开始托人找门路进入赛车队。

很快，她打听到一个朋友的朋友的爱人在国家体委工作。

于是，在 2009 年 3 月的那天下午，她走进了龚红果的办公室。

这一天她的摩托车骑龄是 76 天，不满 3 个月。

骑龄不满 3 个月的北京大妞李鹤要当职业赛车手。

下　马　威

S&S 车队回到珠海已经是下午 4 点多。

车队的住地在赛车训练场旁边，一栋两层灰砖楼房，车队到达后，萧国滔招呼着人下车，将赛车入库，搬行李配件什么的，一时把李鹤忘了。李鹤傻傻地看着，不知道自己该做什么。过了好一阵，看到萧国滔空闲下来，她走过去："教练我住哪儿啊？"

萧国滔这才想起随队来了一个女孩。

他打量对方："你叫什么来着？"

"李鹤。"

萧国滔点点头："哦，对了，李鹤，仙鹤的鹤。龚主任说起过。"

在两个人对话时，其他队员围了过来。其实一路上他们早就注意到了李鹤，一个美女和男子车队搅在一起，没法不注意，不过都以为这是教练的熟人搭车来珠海的，或者是"伞模"（比赛前专门为车手打伞的模特，类似于"篮球宝贝"那类），现在才知道这位美女是来参加车队的，要当他们师妹。这可炸了窝。毕竟，女赛车手在赛车界是凤毛麟角。他们太好奇了，这是什么女孩啊，爱玩儿这个。

李鹤一下子被那些男人看得很不自在，按理说她也是个见过世面的人，不过被那些小子不停扫描，心里直骂，看什么看，没见过美女？

萧国滔正想说什么，他身边一个瘦瘦的中年男人忽然插话："你听得懂粤语吗?”

李鹤一愣，妈呀！你也太拽了吧，以为不会说粤语就低人一等吗?粤语是小语种好不好，有什么可牛逼的?后来李鹤才知道这位是教练的一个澳门来的朋友。

她回敬：“我不懂粤语，你要不说英语吧。Why don't you say it in English?”李鹤毕竟在国外混过，又当过导游，一般的英语她还真能侃几句。

这下换对方愣了，他支吾着：“我不懂英语。”

李鹤显然不是好惹的，不过一旁的萧国滔似乎并没在意，敢玩摩托车的女孩一般都有个性。他对大家介绍：“这是龚主任介绍来的，说是骑车多年，实力超强。”他盯着李鹤，“你，为什么跑车?”

“我喜欢。”

“以前跟谁练过?”

“这个……没正规学过……”

“啊?你跑多久了?”萧国滔有些吃惊。

“两个多月……”

话音刚落，李鹤就发现对方脸色变了。

萧国滔差点儿晕过去，觉得几只乌鸦在眼前乱飞，自己被忽悠了。在此之前，他记得龚红果电话中说这女孩开车很好，还骑了很多年，相当的有经验，结果一个大菜鸟啊!

不过这女孩已经来了，人家从伟大的首都大老远来了，总不能让人立马就回去吧。他愣怔一阵，让袁际博在二楼给李鹤收拾出一个房间，先住下。

正在围观的男队员见师傅发了话，一拥而上，将李鹤带走了。车队忽然来了一个女队员，这让那些小子们很亢奋，争先恐后屁颠屁颠地帮助李鹤收拾房子。

当晚，李鹤失眠，回想教练的语气，并没有说收自己啊。她躺在床上怔怔地盯着天花板，那上面有几道裂缝，两只蟑螂时不时爬进爬出……凶多吉少，凶多吉少。

第二天上午，萧国滔把全车队的人都叫出来，大家围站在一起，李鹤站在中间。这是干吗？李鹤四周看看，不是开批斗会吧，香港人也兴这个？

萧国滔说："你试试车，跑几圈看看，只要有一个人说你不行，我就不能收你。我不管是谁介绍来的。你——"他指着徒弟袁际博："去拿赛车服。"

很快，赛车服被袁际博恭敬地放到李鹤面前。萧国滔的意思很明白，现场测试。

骑就骑呗，搞那么吓人干什么？李鹤没想太多，抓起衣服就穿，没弄两下，李鹤蒙了，这怎么穿哪？连体的？挺重，有一二十斤吧，整个一个大马甲。她以前根本就没有穿过赛车服。

李鹤研究着赛车服，引得一旁的袁际博惊讶不已。这位美女想来参加车队，居然不会穿赛车服，也太扯了吧？不过袁际博很好奇这位不会穿赛车服的女孩到底什么个水平，所以赶快过来帮忙。

李鹤在袁际博的帮助下穿上了赛车服，戴上头盔，艾玛……牛啊！第一次穿赛车服让她很兴奋，膝头上有鼓鼓的磨包，背上还有护板，浑身裹了个严严实实，这还怕摔吗？李鹤立时觉得自己威武了许多。接着，袁际博将一辆飞鹰赛车推到她面前。李鹤打量着赛车：这赛车和她的街车不一样，没有大灯，没有后视镜，线条硬朗，轮胎雄浑，一副桀骜不驯混不吝的样子。李鹤小心翼翼地上了车，发现还是反挡位，和她平时骑的不一样。她有些纳闷，这个东东为什么这样啊?!

“你没骑过赛车?”萧国滔不敢相信。

李鹤笑笑:“我以前骑的是街车!”

街车，就是满大街乱窜的那种普通摩托，和赛车是两码事。如果李鹤刚才不会穿赛车服还让萧国滔心存侥幸，现在连赛车都没骑过则让萧国滔彻底死了心，原来是个货真价实的大菜鸟啊！现在他觉得眼前飞的不是乌鸦，而变成了一群秃鹫了。这龚主任给我介绍的是什么人啊?！队员们也都沉默了，无语，他们想笑又不敢笑，只能老实地站着，空气一度凝固。

还是袁际博热心，上来指点了下换挡方式。李鹤点点头，其实也很简单嘛！她脚下一蹬，左手放离合，右手加油门，车轰的一声飞了出去……反挡反挡，记着反挡，跑了一圈后，李鹤就完全习惯了。这是李鹤第一次在正规赛道上跑，这么平的路，这么宽的赛道，这么少的人(不能再少了，就她一个人)，李鹤闷头撒开了欢儿，越跑越快，到了弯道，也不知道收油减速，只听“咣”的一声，连人带车摔了出去。不过，她很快就爬起来，活动一下手脚，没事。这车服真是个好东西，要是平常那个啥，早就皮开肉绽了。

接着她又骑，过弯的时候又摔倒了，但爬起来照骑不误。怕什么，姐们儿我穿得这么厚，随便摔呀！不摔都对不起这身衣服！嘎嘎！不知为什么，她忍不住想笑。

赛道旁的教练怎么想的，李鹤不知道，也没空去想，这是她第一次骑着摩托车上赛道，没有时速限制，没有警察叔叔，撒欢儿骑啊！她感觉自己飞了起来。她喜欢这种急速疯狂的感觉，喜欢速度过快转不过弯来直插沙地吓自己一跳的感受，哇，小心脏“怦怦”的，太爽了……

也不知跑了多少圈，当又一次摔车爬起来时，袁际博跑来帮她扶起车：“回去吧，师傅找你！”

李鹤来到师傅面前，萧国滔面无表情：“行了，以后跟着练吧。”

就这样，李鹤进了赛车队。

什么是赛车

李鹤千里迢迢南下珠海进了赛车队，让她的那些摩友们十分诧异，原本以为这女孩只是说说而已，没想到还真要去赛车，就算想赛车，也可以先在金港业余的比赛练练手啊，她居然直接进了专业队，而且竟然还真有车队收这个菜鸟。李鹤自己也觉得诧异，我怎么就真的进了赛车队呢？好几天她都觉得这是做梦，不真实。不过很快，她就意识到自己的处境和身份，虽然已经进了车队，但还不能算赛车手，充其量是个学徒。从大的方面讲，她对摩托车运动现状几乎一无所知；从个人来讲，作为车队唯一的一个女骑手，她今后到底能干多久，能达到一个什么水准，也没有谱儿。

李鹤必须恶补赛车知识，尽快了解自己的对手。

要了解摩托车赛车，首先要知道“格兰匹治”（Grand Prix motorcycle racing）——世界摩托车锦标赛，亦作世界摩托车大奖赛，简称摩托 GP 或 GP 赛。这是摩托车公路赛中最重要的一项赛事，其重要性之于二轮赛车相当于 F1 之于四轮赛车。它由国际摩联（FIM）主办，各分站赛主办国负责承办每场具体的比赛，具体管理和争端仲裁则由摩托 GP 赛事委员会执行。

国内，国家体委有个汽摩中心，专门组办汽车和摩托车赛事。而摩托车比赛又分为越野赛和公路赛，公路赛事有两个，一个叫全国公路摩托车锦标赛（CRRC），另一个是中国超级摩托锦标赛（CSBK），每年分几站比赛，根据排量和车型决出各组分站冠军，然后计算积分评出年度总冠军。如果你水平够高，可以参加世界 GP 赛，为国争光去。

当然，这个比赛完全是男人一统天下。目前公路赛最牛的是 1979 年出生的意大利天才车手罗西，其江湖地位如 F1 赛车手的舒马赫，篮球界的乔丹。他在九届 GP 赛中获 6 个冠军 3 个亚军，是历史上第二位 6 次以上获得顶级摩托赛事最高级别世界冠军的车手（第一位是 8 次夺冠的阿古斯蒂尼，他俩都属于神一般的人物）。

而国内，摩托车高手也是男性，什么何智锋、何子贤、黄世钊、梁玉彩、郭放、张海龙……每次比赛，前几名都有他们的身影。

不过赛场虽是男人的天下，也有女子露峥嵘。国内女子摩托车手出现应该追溯到 1952 年，那时摩托车运动还是军事项目。

当时为发展摩托车运动，空军航校 30 名女学员被选拔到中央国防体育俱乐部学习三个月，除了学驾驶，还要学会射击。五一期间她们驾驶着我国历史上第一批自己制造、北京军区汽车附件厂“用榔头敲出来”的“井冈山”牌两轮摩托车通过天安门检阅。

其中刘和立、匡永泉两位女车手，在 1955 年罗马尼亚国际友谊摩托车赛中获得女子队第四名。

后来随着摩托运动的发展，对选手的体能和技能以及心理意志要求逐渐提高，就不设女子比赛了，女子想参赛，就必须和男选手同场竞技。

体育竞赛项目中，男女同场竞技的还真不多，以奥运会项目看，1992 年巴塞罗那奥运会双向飞碟射击决赛上，中国女子射击运动员四川妹子张山与众多男选手同台竞技，结果她“百发百中”，200 发子弹无一脱靶，把奥运会这项纪录推到了不可能再破的顶点。张山不仅拿到冠军，同时也成为多年来打破欧洲选手对这一项目垄断的第一位中国女性。但此后这种混搭比赛取消了，张山成了绝唱。还有就是马术，马术比赛是如今男女选手单人同场 PK 的唯一项目。由于运动员本身的竞技成分并不是很大，更多的是考验骑手与马匹之间的默契配合，所以女选手并不处于劣势，而且还屡获佳绩。另外，奥运会可以男女混战的，还有帆船项目，像托那多级双体船、芬兰人级重量级艇都不限参赛队员的性别，而女性运动员与生俱来的灵敏感觉和良好的方向感使得她们在整个团队中占有重要地位。

这样的比赛虽说男女同场竞技，但男女身体是不接触的，摩托车比赛不一样了，急速飞驰的摩托车对赛手的体能、技术、心理要求极高，同时赛道上几十辆摩托车争先恐后，十分生猛，碰撞是免不了的事，危险性比较大，所以不设女子摩托车项目也是对女子们的保护，男女毕竟有别。然而偏偏有女子们不服这口气，硬生生闯进男人圈里来，而且还屡获佳绩。

这里面有两个人值得一提，一个是台湾车手刘君眉，另一个则是中国内地的江苏盐城姑娘吴霞。

台湾美女刘君眉身高 1 米 74，体态修长、外表清秀，最早出现在赛车场上是 1999 年。那年全国公路摩托车锦标赛刚刚恢复，刘君眉当时 19 岁，虽然刚出道，但进步神速，2000 年获得台湾 50cc 踏板车的年度总冠军。此后她以个人身份参加了深圳香蜜湖站全国摩托车大赛，获踏板车的第四名，随后被重庆宗申车队看中，成为职业赛车手，并在 2001 年全国摩托车大赛的西安站、深圳站分别取得过季军、冠军。2003 年，她是年度国内公路跑车赛唯一参赛的女车手，荣获中国摩托车运动协会颁发的“2003 年度优秀公路运动员奖”。2004 年，刘君眉势头更为强劲，取得了原厂125cc组年度个人总冠军。之后，刘君眉淡出大陆赛车界，回台湾发展。

另一个女孩吴霞，是大陆第一个女子职业赛车手，她的故事传奇又悲壮。

吴霞是个来自江苏盐城的“80后”小姑娘，高考失利后，到广东打工，每天上下班从白云区到海珠区往返10多千米，朋友见她上班辛苦，送了她一辆改装的50cc小绵羊摩托车。为了不迟到，这小姑娘在马路上飞快穿梭，练就了一身野功夫，后来被引见到香港S&S车队萧国滔教练门下，成为一位职业车手。经过调教，吴霞的天赋显露出来，之后参加飞鹰车队，在2006年全国摩托车锦标赛长沙站一鸣惊人，获得新感觉150cc组决赛冠军。此后，她越战越勇：2007年获中国超级摩托车锦标赛150cc组年度冠军；2008年中国超级摩托车锦标赛珠海站取得冠军。

特别值得一提的是，在2007年10月1日珠海赛道举办的CSBK原厂150cc比赛中，吴霞跑出单圈最快成绩2′18″966，这个纪录好多年无人打破。

然而就在吴霞风头正劲时，意外发生了。2008年4月，吴霞到日本参加600cc组摩托车比赛，在计时赛中因摩托车忽然失控，摔了出去，造成高位截瘫，从此终止了运动生涯。

自吴霞以后，目前还在参加全锦赛的女车手屈指可数，且基本上都是以个人身份参加，成绩也不如刘君眉和吴霞突出，其中就有李鹤在三水赛车场见到的北京姑娘李玥、陈娟娟和广西女孩陆少妹。

了解这些，让李鹤增强了信心：第一，她不是一个人在战斗；第二，女人和男人比拼摩托赛车，是有机会赢的；第三呢……她和伟大的车手罗西出生在同一年，会不会沾点好运气呢？呵。

学车先学做人

萧国滔为什么要收一个毫无赛车经验的女孩，萧国滔当时没有说，李鹤也不敢问。后来李鹤成了气候，一个记者采访问萧国滔这个问题，萧国滔说：“谁说我收她了，是她自己黏上我的。”

不过后来还是说出了真话：“她胆子大，不收油，有竞争意识，而且是一张白纸，没有臭毛病！好教！”

他看上的是李鹤的拼劲。

李鹤的训练生涯正式开始，一切从零入手，骑车时手掌如何握把，小臂的角度，上身的姿势，换挡的时机，刹车的轻重，弯道的技术……李鹤在赛道上不停地跑着。每一次练习，她都会摔车，然后爬起来再骑，这样又摔又骑，又骑又摔，周而复始，天天如此……

好在虽然每天摔车，但都不算严重，身上青肿破皮而已，她担心的是把教练的车摔坏了。每当看到技师哭丧着脸为她修车时，李鹤就觉得十分过意不去。

萧国滔对此见惯不惊，他的指导方式比较特别，在说了几次技术要领后，就不大管李鹤了，自己坐在场边泡杯茶，手里攥个秒表，悠然自得地看着李鹤跑圈儿，任她摔个鼻青脸肿天翻地覆。

终于有一天，当李鹤又摔车时，萧国滔慢悠悠走过来，问：“知道为什么摔车吗？”

“不知道。”李鹤迫切地想听一下具体指点。

“摔车，说明车不服你，”萧国滔不紧不慢地说，“车呢，是有感觉的，你对它不好，它就对你不好。”

这话儿是怎么说的？车有感觉？活的？有点玄奥，但似乎又很有道理。

“还骑吗?”

“骑。”

“不怕摔?”

“不怕。”李鹤停停又补充，“我有车服和头盔呢。”自从穿上赛车服，她就对这身衣服极度信任，只要它们一上身，就像是变形金刚，什么都不怕!

对李鹤的回答，萧国滔还算满意，不怕疼说明这个车手能吃苦，但是还不够。“骑车不完全是靠胆子拼体力，更多的是动脑子，想要学好车得先学会做人。”他用手指对着自己脑袋晃晃。

想要学好车得先学会做人，这个话就有讲究了，李鹤觉得里面学问很大，要认真揣摩。

李鹤理解的“学会做人”是要勤快，任何一个新来的学徒都一定要勤快，这是一种态度。和尚初入山门，要抢着扫地挑水；学戏的拜了师傅，要端茶送水，有眼色的还要捏背捶腿。在车队，李鹤很快找到“学会做人”的方式——抢着洗碗。车队的伙食由师母负责，师傅高兴了，也会下厨炒几个菜出来。一顿饭下来，几十号人一大堆饭碗菜碟放在那儿，李鹤洗碗，一般要一个多小时。练车下来已经是摔个半死不活，再站着洗一个小时碗，挺难为小腰板儿。不过李鹤没有怨言，她铭记：态度很重要，做人很重要，诚意很重要。

那时候，她隐隐约约感觉到周围的师兄师弟们正准备看她笑话，事实上也确实如此。李鹤在赛道上摔得轰轰烈烈，成绩慢得惨不忍睹，大多数人都认为她在这儿干不了多久，打赌这妞儿绝对是个花瓶，最多十天就哭鼻子回家。

然而半个月过去了，李鹤在洗碗的叮当声和练车的轰鸣声中巍然屹立，花瓶不倒。

这天训练跑圈，李鹤在弯道又一次摔了，袁际博跑来帮她扶车，说："收工！收工！"

来到P房，李鹤以为要挨教练骂。她这几天频繁摔车，人虽然没有大伤，但车招架不住，机械师抱怨连天，说再这么摔下去，车都散架了。不过一看，萧国滔两眼笑眯眯看着她："很好很好。晚上加菜。"

师傅很少夸她，尤其是在摔车后，李鹤觉得师傅有些笑面虎，后面肯定有阴谋。她小声问袁际博："师傅什么意思？"

袁际博小声道："刚才单圈成绩你快了9秒，进步太大了，你小宇宙爆发啦？"

9秒！李鹤也很惊讶："9秒？真的吗？"

"还骗你！进步超大！"

对袁际博的话，李鹤还是重视的。这个1989年出生的小男生是山东人，比李鹤整整小10岁。他老爸是淄博摩托车协会会员，袁际博从小就喜欢摩托车这项极限运动，18岁的那年参加CRRC比赛，第二年就获得2008年全国公路摩托车锦标赛（上海站）比亚乔150cc组获第一名，并夺得2008年年度亚军。这次三水站他又勇夺个人冠军。这位师弟属于赛车界的后起之秀，势头正猛。

快了9秒！李鹤回味着袁际博的话，9秒是什么概念？整整快了好几百米！想想刚才的跑圈过程，怎么蒙上的？手掌的拿捏、肩膀的放松、膝头的挂弯、油门的大小、换挡的时机、入弯的角度、出弯的速度……这些技巧时机的把握好像一气呵成……嘢，来感觉了，和平常不大一样……不，大不一样！

晚上，师傅摆宴，庆贺李鹤“开窍”，十多个人聚在一起大快朵颐。老鸭煲汤、清蒸鲈鱼、猪肉肠粉、姜葱大蟹……香港人在吃上面从不含糊，美食往往摆一桌，香得让人流哈喇子。席间李鹤收到不少祝贺恭维的话，说和美女在一个车队是兄弟们的荣幸，师姐（按资历是师妹，按年龄是师姐，为示尊重，姑且为师姐）潜力巨大！前程无限！李鹤笑答，少扯吧，你们就怕我拖你们后腿……话是这样说，对敬酒照单全收。几杯小酒下肚，李鹤和师弟们的距离感消除了，互相称兄道弟，语言也放肆起来，几个师弟说刚开始以为美女你不是来赛车的，是来找男朋友的，我们哥几个帅啊……李鹤说别癞蛤蟆想吃天鹅肉了，姐岁数比你们几个小屁孩儿都大几圈！师弟们百折不挠地说现在时兴姐弟恋，真的可以考虑我们几个啊，你说谁吧，随便挑。李鹤说找抽随便挑啊，把臭脸蛋子凑过来，靠，谁呀？几个小帅哥立即往桌子底下躲去了，空酒瓶子滚在地上当啷响。爽啊，这种劲爆场面让李鹤十分受用，这才是姐姐我想要的。李鹤眯起眼睛飘飘然荡漾出去，外面荡悠一阵，又飘飘然回来——虽然心中惬意，但没忘饭后洗碗。和以往不同的是，这次边洗边哼歌，哼的是崔健的《假行僧》。这歌本来是她在开“捷达君”时必听的歌曲，但在今天，她以一种悠然洒脱的状态，唱起：“我要从南走到北，我还要从白走到黑。我要人们都看到我，但不知我是谁……”

从这天开始，李鹤练车进入了另一个境界。每次跑圈，她都会事先细细琢磨“开窍日”那天的骑车要领，做到心中有数。跑一圈，有一圈的收获。随着练习的增多，那些理论化的东西开始不用过脑子了，而是信手拈来，动作自觉跟着配套，车越来越听使唤，服本宫了。她这才体会到教练为什么说车会服你的说法。人和车就跟情人一样（当然不是花心的那种），你对它好，它就给你回报。

李鹤的成绩越来越好。以往跟着大家练车，没几圈就被甩到几条街去了，现在你要不认真点，姐姐我要追上去踢你屁股！看着师兄师弟们惊讶和赞许的眼光，李鹤想矜持一下都难。有时她想，真奇妙啊，这层纸怎么就捅破了呢？这会不会是海吃的结果？那点小酒儿把我的任督二脉给打通了？

回答当然是否定的，酒没有那么大的神力，但有一点是肯定的，那就是热爱，没有对摩托车的热爱就没有动力，没有动力就没有执着，没有执着就没有拼劲，没有拼劲就没有进步……我就是一个战争贩子，李鹤总结自己的进步，认为是性格造成了这份小小的成就。天生她就爱和别人拼，不管是男的还是女的，当然，和男的拼更有劲，输了咱不丢面儿，赢了……啊哈，您想开点哈。

初进赛场

进入6月，天气逐渐炎热，李鹤已经在珠海训练了20多天。

这天午饭后，萧国滔忽然把李鹤叫到面前说："你去参赛吧，6月在西安有一个分站赛。"

李鹤一下愣了，虽说知道有这一天，但没想这么快就上赛场。

"敢吗？"萧国滔打量她。

"敢。有什么不敢？"李鹤兴奋多于紧张。

"那好，准备一下吧。"

对于这次比赛，萧国滔要求是：不要摔车，跑完整个比赛就行。你能指望只接受20多天训练的女车手怎样呢。

李鹤并不清楚，这次比赛全称是"亚洲杯公路摩托车暨全国公路摩托车锦标赛"，带有国际性质，有印尼和日本车手参赛。萧国滔没说清，是怕吓着她。

6月17日，李鹤随队到达西安渭水园赛车场。按照惯例，赛前要开个培训班，为报名参赛的新手讲讲课，然后测试一下，合格的就发参赛证。讲课的是由摩协指定的广东凌肯车队教练邬智勇。邬智勇是中国摩托界元老级人物，1949年出生，玩摩托车30多年，培养了很多优秀选手。这位教练是性情中人，来了情绪就亲自披挂上阵比赛，2006年8月还以57岁高龄参加了全锦赛上海站GP 125cc组比赛，取得第十一名，可谓老当益壮。邬智勇正要开讲，发现座位中有个女的——李鹤，在男人堆里挺扎眼，一问，新来的。再一问，啥都不懂。邬智勇和萧国滔是老相识，说："老兄怎么回事？你们车队什么事想不开了？"

萧国滔甩出冷脸："少啰唆，多关照就是。"

邬智勇不再多问，那就特意关照吧。讲完课后，他让李鹤跟他车队的高手张海龙上赛道练习线路。张海龙曾经在 2007 年 CSBK 上海站的比赛中，创造了 1′9″382 单圈全国最快成绩，可以说是精英级人物。

李鹤跟着这位师兄昏天黑地地跑，说有收获吧，说不清，说没收获吧，还是有一点点的意思。经三天培训，李鹤顺利通过考核并取得了参赛资格。

萧国滔问李鹤："怎么样，有什么想法？"

"我不要最后！"李鹤说。

萧国滔点点头，这个目标比不摔车的要求高一点点。

很快，李鹤以个人身份参加了豪爵铃木 125cc 组比赛。这一组有 24 人，袁际博和同车队的高磊代表 S&S 车队参加参赛；同组的选手还有贵州源泉赛车队的陈远航和陈鹏远、周盛俊杰，这三个小家伙在 5 月份三水赛场已经展现了实力；另外还有西安幼兽王车队的刘三郎，是三水站个人总成绩亚军，赢得团体冠军的主力队员。本组可谓高手云集。

比赛分为两场，最后以两场成绩积分相加决出个人成绩。

随着裁判员一声令下，骑手们挂挡轰油，车窜了出去。置身赛场，李鹤这才知道，比赛和练习完全不一样，除了竞争还是竞争！选手们你追我赶，互不相让，看谁跑得最快。李鹤跑得挺快，但她不会超车，总和身边的 9 号选手搅和在一起。这 9 号也怪，你快他也快，你慢他也不快，就这么磨磨叽叽挡在前面。李鹤急得鼻头冒汗，可就是超不过去。

第一场结束，李鹤落在后几名，下场后她气得把头盔扔向一边，叽里咕噜地骂天骂地，骂自己。

萧国滔走来，对这位初上赛场的女弟子指导，油门啦，刹车啦，切线啦，压弯啦……连比带画说了好多技巧。李鹤不住点头，实际上还是不明白，满脑子都想着那个9号。最后萧国滔不说了，李鹤看着他。

萧国滔问："在想那个9号？"

李鹤点头。

"把他干了吧！"

这话李鹤明白。把他干了！简单明了，一刀见血。

"把他干了！"李鹤恶狠狠地叨咕，随即踏上第二场比赛赛道。

还是那个状况，发车没多久，9号又挡前面了，你烦不烦啊？大哥！你是玩吸星大法啊，死黏着不放了是不？李鹤加足马力一直顶他，可9号还是没有相让的意思，到最后一圈了，两个人还是如胶似漆般纠缠在一起，李鹤仍然被挡在后面。临近最后一个弯道，这时再不超车就没有机会了，李鹤心想：你妹的！我灭了你！

她比前面推迟了刹车点，猛冲上去。眼前赛道飞快扑入眼帘，一片模糊，车狂吼着从内弯一下切了过去，她定定神，发现9号已经落在身后，超了！把他干掉了！欧耶！李鹤兴奋异常，继续加速，前面的格子旗在召唤，冲线了。

下场后，萧国滔给了李鹤一个大大的熊抱："感觉怎么样？"

"超爽！嘿嘿。"李鹤摘掉头盔，心潮澎湃，超车那一瞬间，唰——嗖——回味无穷！

处女赛李鹤跑了第十九名。师兄都向她庆贺，体委汽摩部副主任龚红果也来了，她一直在关注着李鹤。

"还可以嘛，奇奇！"李鹤的表现还真让她有些意外，这才几天啊，真是"奇"了。

李鹤傻笑，感觉全身充满了幸福细胞。

这次比赛，袁际博延续着上一站比赛的强势表现，卫冕了本站豪爵铃木 125cc 组别的冠军。陈远航和陈鹏远这两个小屁孩则有长足进步，分获第二名和第四名，并为车队拿了团体冠军。

龚红果告诉李鹤，国外的小孩五六岁就上车了，这次亚洲杯夺冠的印尼选手，一个十八岁，一个二十岁出头儿，明显比中国选手强，他们都是从小练的。

现在李鹤已近而立之年，半路出家，老胳膊老腿的，要想出成绩，任重而道远啊。但起码，通过这次比赛，李鹤建立了信心，自己不是还超过了几个男选手吗？如果完全拼体力，女人和男人肯定有生理上的差距，但通过摩托车的借力，再加上技术操作得当，完全有的拼。

一个月后，中国超级摩托锦标赛在北京金港国际赛车场举行，这可谓是一场级别高、规模大的赛事。

中国超级摩托锦标赛简称 CSBK，分设四个组别：600cc 组、GP 125cc A 组、GP 125cc B 组和 150cc 公开组。这是中国摩托运动协会在 2007 年增设的更高级别比赛，主要目的是让在 CRRC 里表现优秀的车手晋级到 CSBK 赛事中来，而在 CSBK 比赛中成绩优异、表现突出的车手将被中国摩托车运动协会选派参加更高级别的洲际及国际赛事。

也就是说，参加该赛的都是跑过全锦赛多年或成绩非常优秀的车手，他们有非常好的控车技术和丰富比赛经验。袁际博当仁不让代表 S&S 车队出征。

萧国滔问李鹤，要不要跑北京的 CSBK，以你目前的成绩肯定是最后一名。

“最后一名？没关系，最后一名也要跑。”

李鹤才骑了几个月车，跑了一场比赛，和那些优秀选手相差甚远。打个时下流行的比喻，如果说他们是汪星人、喵星人，那李鹤顶多只能算是哼族人、半兽人。不过李鹤看得很开，以赛代练，机会难得，至于成绩，不想那么多。她就是喜欢场上拼杀的那种氛围。

这次比赛李鹤参加比亚乔150cc组，车不熟，技术更有待提高，计时赛就摔了车，正赛时又摔了，最后以稀里哗啦的摔车告终，成绩可想而知。

不过她收获颇丰，虽然没有成绩，却有一种心生豪气、豁然开朗的感觉。这种感觉不是来自对手，而是来自同门师弟袁际博，袁际博这次的表现让她震撼。在以前的印象中，袁际博虽然车骑得好，但性格有点儿腼腆，不爱说笑，天生胆小，怕毛毛虫，还有恐高症。一次赛前准备，有人故意恶作剧，拿了一只硅胶做的大蜘蛛放进袁际博的汗衣里，当时袁际博正要换衣服，一翻背心忽然发现有那么大个蜘蛛，他立刻着了火似的又叫又跳，全然不顾形象。还有一回，袁际博吃盒饭，一翻盖子，里面竟有一只大蟑螂，虽然这又是硅胶玩具，但还是把他吓得脸色泛白，饭也不敢吃了。但是这个平常看着胆小的袁际博到了赛场则变了一个人，骑风彪悍，势不可当。这次比赛袁际博本来有希望再次冲击冠军的，比赛开始后他一直领先，眼看冠军到手，但最后一圈时却不慎摔出了赛道，车子摔坏了无法启动，这时一般选手就选择退赛了，可袁际博并没放弃，而是推起车奋力跑了大半圈，最后拿了第六名。李鹤是含泪看着他推车跑完的，她在场外大声为师弟鼓劲，嗓子都喊哑了。这时候她忽然感到教练说的“学会赛车先学会做人”的含义了，这就是意志，赛车手可以输掉比赛，但不能输掉意志，进了赛道，就要永不放弃。

一个月后，考验李鹤意志的日子到了。

“嗨塞”

8 月7 日，一个平常的日子，但对李鹤来说却非同寻常——她练车时飞了出去，又摔车了。

对一个职业赛手来说，摔车是常事，甚至有这么一个说法：赛车运动的精彩与车手受到的伤害成正比。这话有些残酷，但事实就是如此。摔车如果不看后果，只看过程，那确实是刺激，人和车都飞了出去，能不刺激吗？不但刺激，还美得壮观，拍电影想着法儿地创造这个画面：车和人在空中飞翔，落到地上激起一串火花，再伴有叮叮咣咣的金属撞击声响，那多牛啊……如果一场比赛没有摔车，那就枯燥乏味，观众看着车手一圈圈兜着，什么意思啊，闷死了！据世界摩联统计，以 2007 赛季为例，尽管最高组别 MotoGP 的赛车引擎的排量降至 800cc，但全年仍有 672 次摔车事件发生。一些优秀车手也不能幸免，其中包括神一般的人物罗西，他在最后一站西班牙站练习中摔至手骨骨折，另外一些优秀车手如佩德罗萨、埃里亚斯、梅兰德里均不同程度地受伤，就连一直表现平稳的斯通纳也在赫雷兹试车中肩部受伤。

摔车一般分为两种：第一种叫 Low Side（滑倒）：

滑倒是指车手摔后，车滑在人的前方，人在后面，如果速度不太快又有足够护具，一般情况下人车都还能保个平安，就算伤也是皮肉小伤，断不了筋骨，是摔车形式中比较温柔的一种。

另一种叫 High Side（高抛）：就是人从车子的上方“嗨塞”飞出去，重重摔倒在地，随后车子从后面也跟着来了，这时候你只能祈祷千万别被这家伙击中。一辆车起码也在百斤以上，砸中轻则伤筋断骨，重则危及生命！

李鹤很不幸，她来了个货真价实的 High Side。

为什么会发生“嗨塞”？摩界资深教练是这么教导的：摩托车过弯的时候，车手要减速，如果踩了后刹车，力道掌握不好，刹车锁死，后轮就会开始打滑，当车手发现危险的时候，一紧张条件反射就会赶快放松后刹车，这时候后轮又突然恢复了抓地力，由于后轮打滑，车身角度和行进方向完全不同，因此车子猛烈翻甩，再加上避振器反弹的效果，就把人高高地甩出去了，可怕的 High Side 由此引发。

李鹤就是这种情况：练车跑圈过第一个弯道，开始压弯，刹车……车子后轮忽然失去了抓地力，然后又突然恢复。这么骤然一停一顿，李鹤就这样从弯道飞了出去，人在蓝天白云中飞翔了大约十来米，蜷体前空翻一周加 360 度转体——落在另一个弯道，落地时不是双脚落地、同时高举起手臂那种帅姿，而是平平地、舒展地拍了下去。

幸运的是，摩托车没有跟着过来凑热闹，算是躲过一劫。

李鹤躺在地上蒙了会儿，下意识地想坐起来，结果浑身一阵剧痛，动不了，各个关节都像锁死了。

随后赶来的教练和师兄们一看情况严重，火速将李鹤送往医院。

急诊医生一看是摩托车队送来的，立刻明白是怎么回事，都是常客啊。也许是见得多了，这位医生表情很淡定，稍做检查，不紧不慢地开了张单子，让去 CT 室拍片。李鹤被平放在手术车上，师兄们护送着向 CT 室飞奔。

时间就是生命。李鹤躺在车上，按理说这时候应闭眼，但她觉得这有点像去往太平间的意思，于是顽强地对大家睁一只眼闭一只眼，表示姐们儿我还活着呢。

车轮飞驰，李鹤觉得这个过程很漫长，车推得飞快，无奈路还不平，走廊曲里拐弯的，沿途叮叮咣咣碰这撞那，每一次震动都让她疼得想骂人。靠！这过弯道技术也忒差，就不会慢点轻点吗？可这时，李鹤已完全发不出声，人在剧痛的时候，绝不会像电视剧里那样大喊大叫，因为疼已让人完全失声。

不久，片子出来了，袁际博赶紧到诊室拿给医生看。那位淡定的医生正在电脑前无聊地玩着纸牌接龙游戏，看看片子：“哦，盆骨骨裂啊……”

见围观的小子们没反应，他觉得自己的话没有得到重视，于是站起来，严肃地环视他们，加重语气：“盆骨骨裂！懂吗？”

众人有的点头，有的摇头。

“这女孩两年内不能怀孩子，懂吗?!”医生放大声音，用谴责的目光环视着这些男人。

众人诚惶诚恐点头。

李鹤哭笑不得，跟一帮毛头小子说怀孩子，他们懂个屁呀。

手术是不用做了，但要静养。

此后李鹤都以“遗体告别式”的姿势待在床上，一躺就是两个月，最初她臀部、尾骨都不能动，萧国滔成了她的护理，照顾她的起居饮食。本来李鹤算是个爱哭的女孩，看电影啦，听音乐啦，甚至看动画片时都会忍不住哭。这次摔车她没掉一滴泪，师傅的关怀却让她泪眼涟涟。

“滔哥（李鹤已叫师傅为滔哥了），谢谢你!”李鹤不知道对滔哥说什么好，不知怎样才能表达自己感激的心情，以前这些事只有妈妈和姥姥帮自己干过，让师傅帮自己处理生理垃圾着实很尴尬……当然，如果换成师兄们就更尴尬了，李鹤想阻止滔哥，但转念一想，还是滔哥合适些。另外，她求滔哥不要将摔车的事告诉父母，父母本来就反对她玩车，要知道了还了得?!

外地朋友们闻李鹤摔伤纷纷来电话慰问，李鹤说没大事，就躺着吧，但不能咳嗽，不能笑，一震动就疼啊，当然喘气还是可以的。这可给那些姐妹们找到乐子了。不能笑是吧？那就不多说话了，看看段子吧，解解闷儿。首先发来慰问短信的是在英语培训机构当老师的姐们儿圆圆，短信说：有次我给一个初中小孩做英语家教，发现小孩本子上的学英语单词：爸死（bus），爷死（yes），哥死（girs），妹死（mis），死光（school）……

笑，能不笑吗？笑了就疼，疼了就骂，骂完了忍不住还要看段子。此后不断有朋友给她发搞笑段子，李鹤边笑边骂："你们这堆人，是想把我笑成咪咪癌才罢休吗?"不过还好，咪咪癌没来捣乱，但有一回她笑晕了，等醒来才发现自己出了一身汗。到底是谁把自己搞晕的？她忘了。

一周后，李鹤躺烦了，想起来走走，可无奈身体不给力。滔哥想了个办法，给她床尾边拴了一根绳子，只要拉住绳子，靠一股子臂力就把自己拉起来坐下，这样吃饭、上网就方便多了。从此，李鹤成了拉绳族，笑称自己是伏尔加河上的纤夫。

李鹤身体恢复很快，这归功于她不仅心态好，而且胃口极佳，有一次李鹤忽然想起要吃螃蟹，而且念头十分强烈，就好像螃蟹在喉咙里挠着小腿，难受啊。她恳请滔哥发个慈悲，灭灭肚子里的小馋虫儿。萧国滔本不想满足她的要求，按照民间说法，海鲜是发物，伤筋断骨最好不要吃，但拗不过李鹤执着，只好整了一大盆螃蟹端给她。考虑到螃蟹多她吃不完，让几个男队员也来聚餐一下，这几个男队员咽着口水来到李鹤房间，发现一大盆螃蟹已经被生龙活虎吃了个干净。男队员被吓住了——明儿不活了吗？李鹤嘬着螃蟹腿儿轻描淡写解释：“姐现在特需要补钙不是？”

转眼20多天过去，到了月底，李鹤能拄拐下地了。9月1日，车队要去北京参赛，李鹤决定随队回京，顺便养伤。一想到回京，她又高兴又担心，高兴的是一堆朋友们的饭局等着，而且终于能吃到姥姥做的炸酱面了，那是她的最爱；担心的是架着拐怎么向家人交代，总不能说是从阿富汗反恐战场回来的吧？师兄们帮她出主意，就说洗手间新装了瓷砖，太高兴，乐极生悲，洗澡摔的……这个创意虽很烂，但只能如此了。

李鹤架着拐杖随车队上路，很快就体验到了残疾人的烦恼。在深圳机场，他们在A航站楼取了票，一看，登机的地方在B航站楼，两楼之间要走很长一段路。李鹤拄着拐是走不了那么远的。师兄们去找机场工作人员借个轮椅，却遭到拒绝，理由是，你们不是A楼登机的，所以轮椅不能借。

那推过去后再还回来不行吗？

不行！

那帮忙联系B楼协调一下行不行？

不行，这和俺们没关系，A是A，B是B，懂不？

李鹤拄着拐杖站在一边听着，心里那个火啊，这货怎么那么轴啊？脑袋瓜缺敲打吧？要不是姐们儿我架着拐杖……正想的时候，一个提着旅行箱的旅客大大咧咧从她面前挤过，差点儿把她碰倒，幸亏有拐杖杵着没摔下去，但却疼得出一身汗。这一撞让李鹤打消了将拐杖扔过去砸人的念头，没拐目前还站不住，当然如果真摔下去，肯定要机场负责——别说姐们儿我是碰瓷儿的。她想。

最后，李鹤只好坐上行李车，被大家推进站。

回京后，李鹤的父母并没仔细过问她摔伤的事，人在就好。或许在他们看来，这个不听话的女儿能囫囵回来，已算不错了。

机场的遭遇让李鹤耿耿于怀，回到家后，立即在博客上把自己的遭遇写了出来，除了声讨机场方面体制僵化，没有人情味儿外，还呼吁社会对残疾人出行关注，他们真的很难。

李鹤受了刺激，当然，如果不去骑摩托车，就不会摔车，不摔车，就不会有这个结果，但是她不后悔。摔裂盆骨，这是老天对她的考验，她迎接这个考验。这次回北京前，滔哥曾问她，伤好了以后，还赛不赛车。她回答是肯定的，当然要赛。不就是两年不能生小孩吗？她本来也没想两年内生孩子。和谁生去啊？呵呵，再说没有哪条法律规定女人必须生孩子。

李鹤没有想到，回到北京后，刺激仍在继续：一日她拄着拐出去办事，在路边等出租车，一辆出租驰来停下，李鹤收了拐正要上去，不知从哪里跑来一个女的，拉开门一头钻了进去。司机抱歉地对她笑笑，开走了。

这叫什么事？李鹤拿着拐一脸茫然，你以为你身手不错，姐姐我健康时比你快百倍！没法，只好再等下辆，不一会儿，又来了一个等出租的男人，看看李鹤，走到她旁边左侧5米开外等着，明摆着，出租一来，他占先机。李鹤想这也太欺负人了，拄着拐挪动两下，去抢上风，不想那货也动了几步，和她摽上了。我靠，把这儿当赛道了，来个排位赛啊。

就算你有急事，你好歹离姐姐远一点啊。根本就没有一点同情心啊！姐姐不拿拐时是赛车手啊！姐姐飙起来甩你一百条街啊！刺激，深受刺激。李鹤发誓要让自己快一点好起来。

进入 10 月，李鹤身体逐渐恢复，她能够尽情嘻哈咳嗽打喷嚏了，兴致来时，还能架拐来两步迈克尔·杰克逊的太空步……

李鹤充满豪情地在博客上写道：亲们，等着我活过来继续在赛道上撒欢儿吧！

然而赛车就是赛车，撒欢儿是有代价的。

脑子出了毛病

2009 年 10 月 13 日，摩托车全锦赛在深圳举行，这是本年度的收官战，将决出各组别的年度总冠军。

李鹤随队从珠海赶往深圳。

本来伤筋动骨一百天，她才两个月，但欲望战胜了一切——就是想跑车，想在赛道上撒欢儿！不过她也知道，这次比赛是重在参与，成绩不要有奢望，本来就是新手，又中断训练两个月，体力、技术都需要恢复。

深圳极速赛道全长 1.2 千米，相比之前的三水、西安、北京三条赛道，是状况条件最好的一条赛道，更适宜赛车性能和车手技术的发挥。但对李鹤就不一样了，她首先要对付的是摔车的心理阴影，一般车手在某一个地方摔过，都会有一个不良记忆。李鹤是在过弯道时摔的，所以她这次采取的策略是，进入弯道要慢一点，保个平安。

偏偏怕什么就来什么，赛前练车过一个 S 弯的时候，李鹤还是摔了。这次不是自己操作失误，而是被后面一辆车直冲着撞飞出去。赛车就是这样，即便你能把持自己，但不能决定别人。不过摔车后李鹤马上就雄赳赳站起来了。

当时滔哥正在维修区外和袁际博讨论比赛的事，忽听见“哐”的一声，一看李鹤又飞了出去，他顿时心头一紧，这位女弟子刚刚恢复，骨头会不会再裂开啊？而且李鹤的这种摔倒马上就站起来的姿势有些不大正常，以前出现过这种状况，赛车手摔倒后看着没事，实际上是出了大问题。袁际博赶紧跑过来，帮李鹤扶车：“怎么样？没事吧？”

李鹤没搭理他，自己骑车回了维修区。袁际博一看她能骑车，松了口气，这证明身体没事，起码骨头没伤。但其后的事说明李鹤虽然肢体没事，但脑子出问题了。

回到维修间，李鹤摘掉头盔，晃晃脑袋，那一瞬间应该挺美，许多电影镜头都美得让人不敢看：慢镜头下，背景音乐起，女车手摘掉头盔，长发飘出，女神的光辉惹人爱。李鹤此时的长发也很飘柔，就是表情不大对——呆萌哒！按她的说法，此时的感觉就像做梦醒来一样，阳光异常刺眼，耳朵里有蜜蜂嗡嗡叫……

袁际博过来问：“还好吧？”

李鹤一脸莫名其妙，她不认识他。这是谁呀？

“有没有受伤？”滔哥过来，紧张地打量她。

李鹤摇摇头，看看周围的一切，竟不知自己在哪儿，也不知在做什么，她根本不记得摔了车。转头见到赛道里有人练车，再看看自己，穿着皮衣，身上有土，胳膊有些疼，头上身上一阵阵冒汗，她努力回想着发生了什么，但是脑子一片空白，就像清空磁盘一样干干净净，一阵阵耳鸣让她有些茫然和害怕。在做梦吗？

“没事就出车吧。”萧国滔不安地观察着她。

李鹤“嗯”了声，下意识地戴上头盔跨上车。可在车上坐了半天她也没动，心理犯了嘀咕：身后的赛道咋没见过？我在做梦？她脑子里蹦出一堆问号：我是谁？我在哪儿？我要干什么？……

怎么了？滔哥察觉不妙。

李鹤定定神，推开头盔风镜，举起右手食指示意稍等，就这样举着停了几秒钟，她神情严肃地说："我有一个问题！"

"问吧。"

"我在哪儿啊？"

"呃……你在深圳。"

"我来这里干什么？"

"你来这里跑比赛……刚才练习的时候摔车了。"

"摔了？怎么回来的啊？"

"阿博帮你扶的车，你自己骑回来维修区的……"

"哦，嘿嘿，有意思……我再休息一下，先不出车了。"

"哦。"滔哥不再说话，看着她。

李鹤发呆，5 分钟后，又问："我在哪儿啊？"

"你在深圳。"

就这样，李鹤过一会儿就问一遍刚才同样的问题，问了差不多一个多小时。身边路过的人，她都努力想他们名字，然后狐疑地和他们打招呼，搞得大家很紧张。

赛会医生闻讯过来探望，很快作出诊断：脑震荡引起失忆，医学上叫逆行性健忘。

这个失忆会有多长时间，不知道，看她的造化了。

李鹤失忆了，不认识周围的人，但她记着比赛，她强烈要求继续参赛。萧国滔劝说无用，只好让她上了。一个失忆的赛车手去赛车会发生什么状况，谁也不知道，以前也没有遇见过这种情况。反正犯了糊涂的李鹤就这样又上了赛场，一圈，两圈……这回没被别人撞，开始入弯了，她加速超车，"咣"的一声，撞上前面的人了，就像事先安排好的，她又很自然地飞了出去。

李鹤爬起来，郁闷啊，无论别人撞她，还是她撞别人，都是自己飞出去，这是为什么？好在这次摔得不重，但腿啊，胳膊啊，手啊，脖子啊，都挂了彩，还把自己的舌头给咬破了。赛事医务赶来，看她的样子挺吓人，让她放弃比赛赶紧去照照片子。李鹤却看着他直乐，这位说什么哪？放弃比赛？不行，谁说也不行。俺头虽然有些晕，但没伤到骨头，否则不会这么玉树临风站着。李鹤嬉皮笑脸的表情让那位医生蒙了，怎么个情况啊这是？他愣愣地看着李鹤一瘸一拐走向自己的摩托车，挂挡，轰油，继续跑。

就这样，李鹤稀里糊涂完成了比赛。

李鹤这次比赛没有名次，但绝对堪称壮举。回珠海驻地后，师兄们见她没事地走来走去，知道骨头没大碍，但脑子清醒没有就不得而知了。这时候李鹤和男队员已经很熟了，有次去洗澡时，还有男队员开玩笑嚷嚷：要不要帮忙啊？李鹤回答一个字：滚。现在李鹤这个状态，他们决定试探试探。一个师兄过来问："奇奇，你欠我500块，记得吧？"

"滚蛋，我从不欠别人钱。"李鹤对钱一直很清醒。

另一个师兄过来，亲热叫唤："奇奇，我是你的男朋友哎，想起来没？"

李鹤想了阵，旧仇新恨涌上心头，莫非是以前那个劈腿的家伙现身了？她手指抖动地凑了过去："欠抽啊……"

"男友"惊叫一声，抱头鼠窜。

痛，并快乐着。这就是李鹤的第一个赛季。

来年会怎样呢？

不敢奢望，但要努力。还是那句话：活着就要折腾，尽自己能力折腾。

李鹤没想到，开年她就折腾出来个大事。

九　儿

2010年1月1日，元旦，李鹤乘飞机来到广州，与萧国滔和机械师会合后，驱车前往佛山三水森林公园赛车场。她要参加在这里举行的摩托车两小时双人耐力赛，这是李鹤赛车生涯的第六场比赛。

和以往公路赛不同的是，摩托车双人耐力赛要求两个车手相互配合，轮换接力上阵，看谁在两小时内跑的圈数多。这种比赛不仅拼技术，更拼耐力。这次比赛，李鹤没有和其他男车手混搭，而是找来北京女车手李玥一起搭档。她的想法很简单，与其让男同伴顾虑自己拖后腿，不如找个同类来，组成清一色，和这些大老爷们儿拼一拼。在赛车场旁的宾馆，李鹤见到了已经到达的女车手李玥。两个人见面十分兴奋，击掌，熊抱，摩拳擦掌准备大干一番。李鹤没有想到，这第一次和李玥合作，不仅取得了好成绩，还折腾出个大事来。

这个大事和李玥紧密相关，所以有必要介绍一下李玥。

李玥，别名九儿，80后，北京人，从小在南锣鼓巷长大，目前的职业是E车网图文编辑。李玥个头不高，长着一张娃娃脸，说话带有卡通音，表情也是萌萌哒。博客上介绍自己的爱好是：单骑，自驾游，摇滚乐，冥想。曾有一网友发“此女凶猛，请勿靠近”帖子，内附一张图像模糊女骑手的照片，帖曰：“此女越野摩托出身，性情彪悍，见坡就冲，见坑就跳，所有崎岖坎坷视为平地。除车轮以外，车支子、启动杆等零部件脱落一概不管，从不选择路线，只认目标。偶尔踏板穿行于南城之间，众摩友路遇此女请注意避让。”据说“此女”就是指李玥，也有人指是李鹤。其实两个人虽然都是北京妞儿，也确实曾“穿行于南城之间”，但都不是越野摩托出身。虽然两人都姓李，但李玥和摩托车结缘，比李鹤早多了，要追溯到1999年——比李鹤早了整整10年。

那年夏天，李玥在家一边吃着冰糕一边和男友聊天，说着说着就聊起了摩托车。男友兴奋了，将冰糕含在嘴里，拿过一把椅子坐在风扇前，把风扇调成高挡，头发顿时被风吹得胡乱飞舞。男友双手握拳，模拟摩托车扶把的样子，嘴里发着嗡嗡声，脑袋左右摇晃：“看到没？这就是骑车的感觉！爽啊。”

当时的李玥对摩托车完全没有概念，但看朋友的样子，顿生好奇：哇塞！到底是什么样的东西能让人这么嗨？

随后李玥立刻去查摩托车资料，网上一部型号为BMW K1 1992的车吸引了她，车子霸气的外形让她十分兴奋，于是她给自己起了个别名——92（九儿），和这辆摩托保持高度一致。

不久，九儿买了辆河北大厂的破踏板。第一次骑车她就感到特爽，那时她没学过车，可天生协调性好，车子很快就被调教成了乖乖虎。

这种小乖乖车很快就让她不满足了。一个月后，网上登出了威豪车队卖二手赛车的消息，车子很有烈火战车的感觉，体型大，配件也专业，完全是为赛道而改装的，牛逼啊！两天后，车被九儿收入麾下，她也因此考了驾照。

赛车成了九儿的座驾。溜在街上，她自然赢得了极高的回头率，可是，骑它也不是件容易事，摔车每天要发生N次，而沉重的车子她也很难扶起来，往往扶一次车都要累得腿脚抽筋。由于经常摔车，九儿也成了修车行的常客。老板是个摩托车发烧友，对这个骑赛车的女孩很好奇：“小女孩你挺牛啊！这么好的赛车拿到街上摔，你不心疼我还心疼呢。我看你干脆去赛场遛遛吧！”

九儿乐了：“真的？哪有赛场啊？”

老板神秘一笑：“跟我走吧，让你见识见识！”

老板带九儿去了北京金港赛道。这里是 F1 的比赛赛场，也是摩托车大赛专业场地，九儿一到这里就醉了！赛场上一堆花花绿绿的摩托在飞驰，那野蛮的咆哮声让她挪不动步子。此后每天傍晚，她都会坐在看台上看车手们练习跑圈，直到夜幕降临。就这样看了一个多月，最大的收获就是知道了摩托车不仅是代步工具，还有另一种更刺激的玩法。九儿想：也许我可以试试呢。

几天后，她骑着车到赛道尝试了一下，感觉很爽。尤其是发现自己比一些男车手跑得还快，这让她有了信心。之后，她时不时到金港赛道练车，和其他练车的人比拼中，她往往是胜者。九儿的出现也引起了摩友们的注意，都说赛场上来了位猛女。

2006 年 7 月，北京金港赛道举行摩托车发烧友比赛，九儿报名参加了。这次比赛虽然是业余玩票性质，但程序全按正规比赛进行，排位赛和两回合正赛一个不少，前三名还发奖杯。赛道里全是雄性动物，就她一个女孩，不过她信心满满。

首先是排位赛，九儿发车不错，冲在前面，过弯道时，一辆快车超了她，眼看对方从身边风驰而过，九儿也加快速度，可她毕竟没有受过专业训练，做不出对方那种压弯技术动作，身体一晃，飞了出去，“嗨塞”了。

摔了就爬起来呗！这是九儿的第一反应，可还没站起，她又蹲了下去。她动动胳膊，觉得很硬，抬不起来了。

赛道上，赛手们还在一圈圈地跑，只有她蹲在赛道边。这时救护车过来了，医生检查了一下说："你骨折了!"

"啊？这就骨折啦？"九儿瞪着医生，觉得他在瞎说，从小到大她没骨折过，而且胳膊也不疼，怎么就折了？她的懊丧心情完全压过了疼痛，怎么刚跑就骨折了？"跑不了了？我靠！我跑不了了！"九儿急得骂起了粗话。

很快，九儿被送进协和医院，医生检查后安慰她："骨头断得很整齐，不用手术，做牵引吧!"

不一会儿，两个医生进来一个帮她顶腰，一个拉手臂，这一刻，九儿的尖叫撕心裂肺。

此后就是打着石膏和绷带养伤。养伤过程很辛苦，夏天，气候闷热，九儿坐也不是，躺也不是，整天抱个枕头靠着，一起身就是一身汗。

一个多月过去，一天九儿的朋友来看她，见她实在憋闷，于是说："走，咱喝一杯，顺便给你介绍一个!"

九儿笑："你还真有心，我都这样了，你还玩相亲?"

朋友嘻嘻笑："你不去可是要后悔的!"

九儿随着朋友来到一个餐馆包厢，一看桌旁餐桌上坐着几个年轻人，还有一个胡子巴碴的老头儿，九儿瞄瞄朋友：行啊你，重口味啦?

朋友呵呵乐，对老头说："老师，这是我朋友九儿!"她又对九儿介绍："这位是广州凌肯车队的邬智勇教练，这次是来北京摩协开会的。"

九儿这才知道对方大有来头，顿时心生敬意。凌肯摩托车队是广州凌肯摩托车有限公司于2004年组建的一支专业赛车队，也是广东地区第一家参加全国公路锦标赛的企业摩托车赛车队，在广东清远有一个训练基地。邬智勇在摩界是个无人不晓的人物，很有个性，被喻为中国摩托运动的“祖师爷”，培养了多名优秀赛手，比如李郑鹏、王铸、曾家麟等，前面提到的张海龙也是其中一个。

邬智勇看见九儿肩膀绑着绷带，手上还抱着维尼熊枕头，觉得奇怪，问：“怎么了你?”

九儿笑笑：“我骑车比赛摔了。”

邬智勇瞪眼：“行啊，你有种！跟谁学的车?”

“没人，我自己瞎练的……师傅，我敬你酒。”九儿拿起酒杯。

邬智勇更惊讶了：“你有种，你都这样了还和我喝酒？你伤好了还比赛吗?”

九儿呵呵笑：“当然了，好了我一定进赛场!”

九儿的这份执着让邬智勇刮目相看：“有种！这样吧，你有时间来我车队，你练练看看。”

这回换九儿惊讶了：“真的吗？太好了!”

9 月，九儿伤好了，她立刻飞广东清远，进了凌肯车队的练车场。

邬智勇扔给她一辆踏板车，让先练着。九儿嘴里没说什么，心里很不乐意，憋不住了还是问：“我是骑挂挡车的怎么还练踏板呢?”她觉得这太低级了。

邬智勇笑笑：“来我这儿不管你以前骑的是什么，都要从头开始。再说你踏板不一定玩得转呢。”

九儿心里犯嘀咕，但没办法，只能照办。到了车场一看，发现竟然还有自己的同类—— 一个身材娇小的女车手在赛道上跑得正欢。

“你先和她比画一下。”邬智勇指指那个女车手。

九儿上了赛道，几圈比拼下来，这个女车手居然比她快得多!

这让九儿挺受刺激，想不通啊，自己骑过大车，还参加比赛，怎么在这小破道儿栽了？而且还被一个小女孩给干掉了！她明白了师傅让她骑踏板的用意。

后来九儿知道把自己灭掉的女骑手叫陆少妹，广西百色人，是个中越混血儿。陆少妹长得小巧玲珑，人称小妹，说话轻言细语，比九儿早来半年。陆少妹 16 岁的时候，哥哥开了个摩托车商铺，受其影响，自己也喜欢上了摩托车，还开着摩托车上学，后来经人介绍，拜到邬智勇门下学车。当时邬智勇对这位小女孩比对九儿严厉多了，先是让她骑自行车练着。陆少妹性格温和，生性胆小，不敢有异议，老老实实地骑了几天自行车。然后邬智勇又拿了辆没有刹车的摩托车给她骑，结果陆少妹在赛道横冲直闯，摔了个稀里哗啦。邬智勇解释为练胆子，赛车手没胆子怎么行。这种有些奇葩的教学方式恐怕只有邬智勇想得出来。但陆少妹确实进步很快，不久就上场参加了比赛。不过陆少妹胆子是练出来了，就是经常摔车，几乎是每场必摔，把车队的配件都快摔完了。每次摔车后，陆少妹都是一脸无辜，我也不想摔啊。邬智勇心疼而又无奈，有一次比赛前，被小妹逼得快要抓狂的邬智勇祭出一奇招，打赌这次再摔就赏 600 元。不知道这是气糊涂了，还是激将法，结果陆少妹居然没有摔车。下来后别人问她，怎么不摔呀？摔了还有钱呢。陆少妹也觉得纳闷，是啊，怎么就不摔了？她也不明白师傅施的什么法术。反正自此之后，陆少妹骑车稳定了很多。

九儿首先把陆少妹当作赶超目标，没多久，她就和陆少妹差不多了；十天以后，九儿就超过了陆少妹。接着，一些男选手也被九儿抛在身后。一天，邬智勇的兄弟来车场考察，当他看到赛场上练车的九儿时，愣了：“哟！这小姑娘是谁啊？”

邬智勇说："你看过的，就是前些日子不怎么样的那个。"

"哦？是她吗？这么快？"

邬智勇笑而不答。

2006 年 10 月，全国摩托车锦标赛长沙分站开赛，邬智勇让九儿代表凌肯车队参加 125cc 踏板组比赛。

这是九儿第一次参加全国最高规模的比赛。这个组别中，不乏多次拿奖的高手，九儿虽然心情紧张，但基本上发挥了水平，在参赛的 18 人中获得第七名。

之后，九儿开始频繁参赛，成了赛霸。在邬智勇的调教下，她车技猛长。2007 年，她再次回到金港赛车场参加了一场公开赛，一举拿到冠军，一年后在全国比赛中又拿了季军。

在国内女选手中，九儿算是这两年里跑得最快的。

折腾出个大事

按照赛会规定，这次三水摩托车耐力赛，不分车排量大小，全混在一起来跑。李鹤注意了其他队选手的车，最大排量是400cc的，但大多是200cc、150cc和各种排量的两冲车。李鹤和九儿骑的是四冲国产豪爵铃木EN125，排量上不占优势，但李鹤有信心，因为有九儿在，九儿实力强，大赛拿过奖杯，就算自己跑弱了，九儿能帮我追回来。她这么想。

按惯例正赛前一天安排自由练习和计时，结果老天不作美，下起了小雨，有些车队干脆不练了。但李鹤和九儿商量后决定冒雨出车，认认路。三水的赛道在森林公园中，设计就像个蜗牛，先往一个方向转，转到中心，再朝反方向转……一个弯道接着一个弯道，很容易晕菜。李鹤虽然去年来过三水赛道，但那次是作为观众，这次不一样了，不熟悉一下环境，怕会跑迷道。

由于是雨地，两个人没敢疯跑，小心翼翼骑行。她们这种菜鸟速度让其他练车的赛手很是不屑，毕竟是女人啊，胆子小，轰着油门耀武扬威地从两个人身边超过去。结果两个人一路下来，前前后后都是摔车的。看着这边“哐”一声，那边“哟”一声，李鹤忍不住直乐，乐了一阵后，突然觉得自己人品不好，看别人摔车居然还笑，良心坏啦坏啦地。为什么笑呢？姐姐本是一个很善良的人哪。李鹤也纳闷，可能是因为这回的主要目的是练车，没有名次压力，所以心情放松。骑车就是玩儿呗。骑车就是找开心呗。

这么一想，笑神经全打开了，不能笑！李鹤命令自己，可是越是这么要求自己，就越是觉得好笑，她边骑边笑，最后笑得头盔面镜全是雾气，什么都看不见了。

就这样她咯咯笑着回到维修区，刚一停车她就摔了，报应啊。不过爬起来还是忍不住笑，笑得捂着肚子哈着腰，哎哟妈呀。

一旁的邬智勇纳闷了，这位脑子有毛病吧？他骂：“傻笑什么呢你？”

李鹤不回答，越笑越放肆，越笑越敞亮，笑得喘不过气，结果弄得九儿也跟着笑，两个疯丫头把邬教练笑得毛骨悚然，躲一边抽烟去了。

当天晚上，九儿钻进李鹤房间，要喝两口小啤。两个人虽然同是女车手，但各为其主，平时见面不多，但只要碰到一起，就要“醉生梦死”一回，这次也不例外。和九儿一同来的，还有一个叫严修竹的成都女孩，是个搞音乐的北漂。严修竹别名竹子，刚从西藏旅游回来，和九儿是朋友，她这次是怀着对女车手的崇敬前来观赛的，如果有感觉了，自己也想试一把。

三个女人在屋里一边看电视，一边吃零食，天南地北聊天。小啤酒一喝，情绪来了，叽叽喳喳，咿里哇啦，不停说笑闹腾。

她们自己也没有想到，不经意间，一件大事就这么闹腾出来了。

起因是九儿不久前看了一本杂志，杂志上有一篇文章让九儿印象深刻，说的是在川藏线中间有一个地方叫理塘，海拔四千多米，由于严酷的地理气候对人的身体造成了很大的障碍，所以他们那边人寿命普遍很短，再加上交通不便，医疗条件差，那个地区孤儿特别多，一百元足以让一个孩子在一个月里衣食无忧！

九儿说完这件事后，很是感慨，尖着嗓子嚷嚷着：“我感动了我！一百元！一个月的生活费！只相当于我们仨的一顿晚饭钱啊……那些孩子，就一百元！你们不感动吗？不感动吗？”

此时李鹤正感动着，她看着电视，屏幕上正播放达喀尔拉力赛的镜头，一个女车手在比赛中摔断了手指，但还继续参赛，穿过山脊，越过沙漠，奋勇向前……太坚强了！太勇敢了！李鹤感动。

而竹子也在感动着，她刚从西藏回来，还陶醉在攀登珠峰的喜悦中，啊，那个令人难忘的海拔5000多米的大本营……啊，圣洁的雪山，雄伟的珠峰，心灵的净土……

三人都在感动，就在那一刻，三股感动被那些孩子汇集到一起——西藏！她们突然有了挑战川藏线的想法，骑着摩托车去西藏！是的，汽车去不了的地方，我们摩托车可以去，就像达喀尔穿越赛中的女车手那样，勇敢地穿越山脊，到达那些汽车无法到达的边远山区，这样就可以去看望和帮助那里的孩子们！哪怕送去一点学习工具，也是一片心意。而川藏线又是无数去拉萨朝拜的圣徒心中最艰辛的一条路，骑手不光需要勇气和技术，它还需要以爱为基础的坚定信念才能完成。女子摩托车，神圣高原路……

几个人叽里哇啦一顿后，越说越激动，越说越靠谱，越说越觉得必须马上行动，去理塘！去拉萨！去西藏！三个人激动不已，眼泪都出来了。

接着就具体商讨这事该怎样具体操作，三人议论一番后，就几件事达成共识：首先是人，如果仅仅就我们三个人，就算去了，贡献也太少，再说竹子还不会骑车，得多找几个。这事就交给九儿和竹子，回北京后找几个女车手，不会就培训，关键是有爱心和胆量。还有就是车，最好能找到厂家赞助，统一车型，也好提供维护。李鹤能说会道，又在南方训练，南方企业多，这事就让李鹤办吧。李鹤想我是在南方，但未必能说会道啊，不过热血已经沸腾，干吧。一定要去拉萨！

这一夜无眠。

或许是有去川藏线的激励，第二天耐力赛就不算个事，李鹤和九儿轮流上阵和男车手们大战。两个人先是半小时一换，但很快李鹤腿开始抽筋，旧伤发作，于是改成20分钟一换，再15分钟一换。两个人下车就一屁股坐在地上捯气儿，上车就抖擞精神狂跑，两个人都是一个信念：如果这都扛不住，还提什么川藏线！竹子在一旁看着这俩姐们儿一圈一圈和其他男选手拼着，疯狂尖叫，佩服得五体投地。神奇的是，虽然赛道湿滑，两个人都没有摔车。两个小时跑了整整100圈，下来后，李鹤身体偏偏倒倒地走着，脑子还在转圈拐弯。九儿一屁股坐在地上，想开罐红牛补补，结果根本拉不开盖儿。这一趟下来，刹车离合捏了两千多下，手都僵硬麻木了，像段木头。很快，一些人前来祝贺，才知道她们这组竟然跑了个第三名。三个人尖叫着相互拥抱，嗡嘛呢叭美吽，圣母显灵啊！

随后三姐妹分道扬镳，九儿和竹子回北京，李鹤返珠海，各自筹划进西藏的事。

新蜂女子车队的诞生

由于李鹤还要代表S&S车队备战5月份的全锦赛，招募进藏队员的任务落在九儿身上。

九儿对到底有多少人愿意冒险去西藏，心里也没有底，她干脆来了个猛的，直接上网发英雄帖：在全国范围内招募女子摩托车队川藏公益行志愿者。

帖子一发出，立即在网上引起强烈反响，大多网友纷纷点赞，佩服女车手勇气可嘉，但不看好的也有不少。

网友“喵了个咪”嚷嚷：摩托车不宜进藏，十几年前广州也组织过一次摩托车进藏活动，将近二十台摩托车出发，最后只有3台车开到拉萨。

“小白兔兽性大”调侃：女侠啊，江湖险恶，本大侠决定组织个男子护卫队一起去，现成的相亲大会哈……

“天使也掉毛”吐槽：心血来潮！后果严重！知道你们要走的是什么路吗？女孩去那太危险，各种险情难料，还是谨慎一些妙哉啊。

网友的担心不无道理。川藏线走的是我国最长的318国道，这条国道东始上海，西至西藏樟木口岸，全长5473千米。它与北纬30度线平行，从海平面一直延伸到世界屋脊珠峰。李鹤她们要走的路线是藏南线，成都至拉萨段，全程2142千米，被公认为是中国路况最险峻、通行难度最大的公路。它所穿越的青藏高原东部横断山脉地区是世界上地形最复杂和最独特的高山峡谷地区，短短2000多千米，要翻越海拔5000米以上的山2座，4000米以上的山十几座，更有闻名于世的怒江72拐险峻山道，沿途气候多变，大小塌方不断……因此，川藏线也被称为死亡之路。但同时，318国道也被驴友们称为国内风光最好的路线：连绵的雪山、湖泊、草原、原始森林、温泉、河流、原始的村庄……神秘壮观，这条路真可谓是天堂与地狱的组合！

虽然网上议论纷纷，但并没有挡住各地女侠们的热情，网上报名参与者不断。当一个月后李鹤来到北京询问筹备进展时，九儿喜气洋洋地告诉李鹤：已经招募了十多个姐们儿啦。

李鹤吓了一跳，她没有想到九儿能忽悠十多个人去，原来以为就五六个人，现在成了一个加强班啊。“都是哪儿的啊？”李鹤挺好奇。

九儿报出一个单子，她初步筛选了18个人，这18个人来自北京、山东、辽宁、内蒙古自治区、重庆等地，职业五花八门：公司会计、潜水教练、造型师、行政文员、医院护士、物流库管……还有一个香港的建筑测量师。这些人都爱好摩托车，当然，骑龄有长有短，长的超过10年；短的一天没骑过，但人家有决心，有热情，愿意现学。

李鹤看着这份名单，这其中有自己认识的，或者听说过，但大多数不认识，不管怎么说，有人积极响应是好事，但问题是，十多个女孩一起进藏，安全怎么保障？如果出事，谁负法律责任？这非有组织不可。要成立个社团，必需的。

九儿和竹子也觉得这是个问题，商量了一宿，三人决定赶紧做策划书找媒体宣传，然后联系企业赞助支持。经一番折腾，她们的想法得到《摩托车》杂志的大力支持，五羊本田摩托车（广州）总公司表态：愿意为女子车队提供10辆摩托车赞助，并提供后勤援助。

有了企业的支持，女子摩托车队穿越川藏路走出了实质性一步。

招募的女车手们闻听这个消息后欢呼雀跃。

现在需要给女子车队起个名字了，大家聚在网上商量。

彩虹车队？你看，彩虹，赤橙黄绿青蓝紫，代表着丰富多彩，雨后斜阳……

不不，叫热情的沙漠，有蛮荒，有力度，有热情……

叫凤凰团得了，既然大家都是女的，废什么话呀……

巾帼车队？

俗！就烦说什么巾帼巾帼的，还毛巾车队呢！

名字起了一大堆，都不理想。李鹤发话了："我们即将扬帆起航，前往世界屋脊那片美丽神秘的净土，干脆就叫新蜂女子车队吧，英文念New Bee，汉语就是'牛逼'……"

大家哄笑。

"而我们的社团可以取名，"李鹤继续说，"新蜂女子极限运动推广社团，New Bee Female X－sport Promotion Group。新蜂车队是我们社团中的一项，以后还有其他的极限运动，我们都要搞，都要牛逼起来。"

此话一出，大家都叫好，新蜂——New Bee！高瞻远瞩，气势磅礴。"好，就这名儿！牛逼了！"

社团得有个头儿，是叫社长呢，还是团长？社长让人想起公社社长，当然也有什么株式会社；团长似乎有军队的意思，当然也有伙食团团长、马戏团团长等，最后大家决定混搭一下，就叫"社团长"得了，由九儿和李鹤担任。

经一番策划，新蜂女子极限运动推广社团在3月8日妇女节这天正式在网上发布信息：

本社团是由社会中热爱极限运动、富有爱心并愿意为社会慈善事业作出贡献的人士自愿组成，是全国性非营利性社会团体。我们的宗旨：遵守国家宪法、法律、法规和国家政策，动员和组织社会力量，引导热心慈善公益事业的各界人士，通过组织极限运动活动的方式来开展社会慈善服务活动。“女子摩托车队川藏慈善行”活动将于2010年5月1日在四川成都正式拉开序幕！这将是首次中国女摩托车手大规模的自发性公益活动。本次活动汇集了中国各地的女性车手，她们来自社会的各个领域。其中一部分是优秀的职业摩托车车手，还有从零培养的准摩托车手。这些女孩将用骑行的方式，挑战自身极限，带着爱与希望，共同奔赴在川藏线上。活动将以拉力形式体现，车手们从成都集结出发，预计全程用时为11~15天，跨越20多个中小县城，终点是拉萨。面对全程2400多公里的路途和严格的淘汰制度，女车手们不但要穿越沙石、搓板路、土路，泥泞和塌方等各种恶劣的地理路段，还要克服高原反应，挑战严酷多变的气候，并肩负“爱心行动”大使的使命，把关爱和援助传达给需要帮助的孩子们。

同时，川藏行爱心大使成员的招募标准也颁发了：

本次活动以展现中国现代女性的勇敢和自信、健康和美丽、爱心和环保为宗旨，在全国范围内招募符合并能传达以上理念的女性摩托车手。

1. 年龄：20~45岁间；

2. 持有国家合法摩托车驾驶执照；

3. 心智及身体健康，人生态度积极乐观富有爱心。

以上车手作为一个团体，大家都有一个坚定的目标——挑战自我，完成这次穿越活动，将爱心传达给孩子们！

按照李鹤和九儿几个人商定的计划，入围的选手3月开始技术培训，4月确定人选，5月车队启程。那时西藏雨季未到，过了这个时候，雨季会带来塌方泥石流，很难进去了。

随着女子摩托车穿越高原活动紧锣密鼓进行，一些负面评论多起来，有人在网上质疑这些女孩的动机，认为这是商业炒作，打着献爱心的旗号去旅游；还有人认为女孩无非是卖萌想出个名，这么搞不足为奇……

圈内也有些议论，这些女孩不务正业，作为骑手不好好练车，跑西藏干什么，还搞得这么轰轰烈烈。

面对这些问题，九儿和竹子于2010年3月11日应邀到北京交通广播FM103.9《行走天下》做了个节目，节目的名称就叫《女子摩托车队穿越川藏线》。

在节目中，九儿对那些质疑淡然一笑："我们送的东西微不足道，但给孩子们最好的礼物就是我们灿烂的笑容。如果那些在贫困山区的孩子通过我们的这次行动得到社会关注，那我们就成功了。"

电台主播对身在珠海训练的李鹤进行了连线，李鹤答道：

"当某件事情是以爱的名义发起的时候，人们的第一个反应便是：不可能！世上没有这回事儿。肯定有目的的，有企图的，有预谋的……是一个交易！为什么要爱？你能得到什么？我要说的是，我们努力想让社会对这些弱视群体有些关注，让他了解到自己的生活状态是什么样的、别人的生活状态是什么样的。我相信爱这个字的真正意义，去爱就好了。

我们相信爱的能量。”

不管别人说什么，到此时，女子摩托车川藏行已经不可阻挡。不过李鹤和九儿都知道，毕竟这是走川藏线，光靠热情是不够的，参加的摩托车手必须进行严格训练，再从训练中筛选出10人来，入选的标准不光看车技，更重要的是看吃苦耐劳精神和团队合作意识。

2010年3月13日，新蜂车队练车培训正式启动。培训基地位于北京海淀温泉附近的汇通诺尔狂飙乐园，培训车型为民用125cc太子车，教练由九儿和聘请的资深摩托玩家担任。这次培训主要对长途行驶中的一些问题进行示范讲解。

3月21日，在机场后河，车队又专门对报名的新手进行了培训。这次路面为颠簸土路，教练就摩托车构造、运行原理、驾驶安全及行车经验问题对大家进行一对一培训。车手们由简单的原地挂挡、起步停车开始训练，教练带每名车手同驾一车，讲述行车过程中的注意事项，如何避免错误操作，正确换挡和制动，如何错车、过车及各种弯道角度的行驶方式等问题。经过培训，参训的车手们基本掌握了驾行方法，并能根据需要正确换挡和转弯。

之后，为增强队员的心肺功能、臂力、握力、协调性、耐力，降低身体对高原反应的影响，车队组织了几次登山、跑步、器械等训练项目。

4月25日，“北京第三届我爱摩托车节”开幕，新蜂女子极限社团在会场中设立了爱心捐助站，举行了“把爱心献给川藏沿线的孩子们”的主题公益活动。李鹤从珠海赶回北京，和九儿几个车手组织现场“爱心车贴”义卖和“文具捐助”公益活动。这次活动收获颇丰，筹得善款1765元，收集铅笔上千支，签字笔、橡皮数百件，写字本数十本，铅笔盒、水彩笔十几套，还有很多学生文具和橡皮泥等儿童用品。

这次的捐助成果超乎车手们意料，北京摩友对公益事业的热心和奉献更坚定了她们去川藏的决心。

此后，经过有关方面联系，爱心行动具体捐赠对象敲定，分别是：四川巴塘团结小学、雅江县三通桥小学、芒康县小学、拉萨孤儿院和聋哑学校，除了捐赠物品外，女车手们还会在每所学校上一堂爱心课。

在这期间，李鹤在珠海和北京之间两地跑，一方面她要练车准备参加5月14日至16日在三水举行的摩托车全锦赛，另一方面又要参与川藏行的一些前期工作。

不久，经过各方协调，进藏具体日期也定下来：车队5月18日在成都集中，19日正式进藏。

随后，根据本人的具体情况，经过评估和筛选，车队最终进藏的10名车手也确定下来，她们是：李鹤、李玥、陆少妹、王艳、陈娟娟、钱蕾、闫慧、孟立海、魏伊梅、孙东华。

这10人是新蜂女子摩托车队成立以后的第一批队员。10个女人来自不同行业，除了李鹤、李玥、陆少妹是职业摩托车手，其他的都是摩托车爱好者。她们最终确定参加这次川藏线穿越活动，除了对公益事业的热心外，也各有各的理由，各有各的想法。这里有必要晒一下几个人的小档案：

王艳，别名燕子，北京海洋馆潜水俱乐部教练。1982年出生，父亲是军人。王艳北京理工大学毕业，虽然长得小清新模样，骨子里却喜欢各类极限运动。王艳接触摩托车是在2009年，那年她在俱乐部碰见一个来学潜水的摩托车手，作为交换条件，她教会了对方潜水，对方教会了她骑摩托车。同年8月，她入手了一部日本SUZUKI GSX 400（红袍）作为自己的第一部二轮座驾，刚开始是遛马路，后来跑山，与车友一起赴天津、官厅、怀柔、十渡等地进行中、短途骑行，特别喜欢摩托车在车流中穿行的感觉。王艳是个外表看着文静，内心却非常有主见的女孩，她认为目前中国女人严重缺乏三样东西：信念、主见、锻炼。所以这次川藏行非常重要，非常必要，非常及时。

陈娟娟，网名“千年寒妖”，医院护士，10 年的摩托车驾龄。她最喜欢的车是意大利杜卡迪 996。杜卡迪在摩托车中是一个独特的品牌，如果说日本摩托车是最好的交通工具，美国哈雷－戴维森代表某部分人的生活品位，杜卡迪则是以热情与执着成为了高性能玩具，为狂热车手所爱，因此也有人称这车为疯子。陈娟娟确实是摩托车疯狂热爱者，性格张扬，快人快语，不仅热衷参加大大小小的摩托车活动，还经常参加公路比赛，成绩虽不突出，但屡败屡战。她认为这次活动很有挑战性，必须参加。

钱蕾，网名“东南”，北京人，人近中年，是一家公司的会计。虽为人低调，但留着男人般运动头又显示出倔强的个性。摩托车驾龄 8 年，经常独自驾车长途旅行，在不显山露水之间有惊人酒量，曾在山东将一帮当地摩友大汉喝翻。不时参加圈内组织的业余比赛，跟男人比拼，她毫无优势，时常是最后一名，但乐此不疲。骑车奉行三原则：安全第一，开心第二，速度第三。喜欢的格言是：“人不知而不愠……”西藏是她早就想去的地方，只是没有机会。

闫慧，别名醉醉，北京人，80 后，做传媒公司，具有 5 年摩托车驾龄。由于父亲也是一名摩托车爱好者，所以她和大多被家长反对玩摩托车的女孩不一样，经常光明正大地骑着一辆 1500cc 大哈雷四处巡游。闫慧装扮时尚，指甲喜欢染成翠绿色。骑摩托车让她感觉青春靓丽，充满自信。

孟立海，别名大海，北京人，家居饰品店小老板。这个大海的别名是张冠李戴，一次参加摩托车俱乐部举行的活动，当天一位叫大海的男生没有来，于是印有大海的贴牌就顺便给她了，反正她名字里确实有个海。大海1999年玩车，第一部车是YAMAHA FZR400水晶灯，后来换成了SUZUKI盗匪，2009年11月又换成了哈雷883。大海为人谦和，行事果断，向往风一样的自由。她认为选择了哈雷，就选择了一种生活方式。每年都要驾车远游，骑行跑过上海、内蒙古、西藏等地，这次进藏属于重温长征路。

除了上述的骑士外，还有两个新手，一个是魏伊梅，另一个是孙东华。

魏伊梅，别名圆圆，培训机构英语老师。她和李鹤是老相识了。10年前在三里屯夜店认识。那时李鹤刚从德国回来，时不时到酒吧里跳舞，而圆圆是京城小有名气的DJ，两个人一见就十分投缘，都有相见恨晚的感觉。圆圆以前曾有过短暂的“摩史”，那是在做DJ时，骑着一辆踏板上下班。有一天清晨下班，被一辆面包车从后面撞飞了出去，在家躺了一个多月，从此圆圆再也没碰过摩托车。这次李鹤鼓动圆圆去西藏，圆圆刚开始以为是坐飞机去，满口答应，后来听明白了是骑摩托车进藏，立即摇头，她有心理障碍。李鹤说，不去会后悔的，骑车没那么难，就算有点儿小问题，去他妈的，重新开始呗。我们会帮你啊。

作为“铁蜜”，圆圆对李鹤绝对信任，于是参加了培训，几次训练下来，圆圆来感觉了，驾驭铁骑纵横驰骋，任风从耳边呼呼吹过，车上的感觉真他妈的太好了！“Fucking 爽！我中毒了，完全陷进去了，骑车真是太好玩了！”圆圆狂呼，认定这一辈子离不开摩托车了。此后，除集体训练，圆圆还独自出外豁街，或和车友们开踏板儿进村、上土路、钻树林、走大坑。哪儿难走往哪儿钻。她觉得路太好了骑着没意思，真正的摩托车手对大马路是不屑一顾的。去西藏！

如果说圆圆还有那么点儿骑驾的小基础，孙东华则是一张白纸。

孙东华是吉林人，在北京和朋友合开一家红酒庄，推广高级红酒。这位高级红酒师皮肤白皙，眉清目秀，举止高雅略带点儿慵懒，说话有点嗲嗲黏人，确实和红酒挺搭。在这之前她从来没骑过摩托车，决定进藏很大的原因是交往了6年的男友太花心。这位花心大萝卜每次劈腿都会诚心诚意地要求东华原谅，而东华心软，每次都原谅，如此反复了N次。最近一次男友又劈腿了，随后又是请求原谅的戏码。朋友们觉得东华太软弱了，简直是“无脊椎动物”。东华决定做一件勇敢的事，挺起脊梁，彻底和过去的感情决裂。为了表示决心，她买了一辆和这次进藏摩托车一样型号的五羊本田锋翼125练习，经过短期培训考取了摩托驾照。周围的朋友没人相信她会真骑行去西藏，为此她特意写了一份遗嘱，把酒庄的股份交代清楚，如若有意外，就如此如此，这般这般。“去西藏会怎样我不知道，如果我出事，我认了。如果我走过去了，就一定要向前。我要找回自我，并且再也不回头。”她是豁出去了。

不过由于孙东华毕竟基础太差，只进行过5次培训，被李鹤和九儿列入这次川藏行重点照顾对象。

川藏行的三人发起者之一竹子因故未能前行，但她为这次川藏行写了一首歌，名为《New bee girl 向前冲》：

走　走遍天涯海角

踏遍山川河流

艰难无法阻挡

我的脚步

飞　飞跃梦的边境
点亮贫瘠大地
勇气有无穷尽
爱在这里

爱和梦想一起飞
艰难无法阻挡我的脚步
加油　我的翅膀，带上梦想
遥远的目的地在等着新蜂

爱和梦想一起飞
心和关怀一起就是能量
加油我的翅膀带上希望
遥远的目的地在等着新蜂……

爱是苍凉的猎手
倔强不是种错
勇敢的女孩们手拉手
暂时放弃了温柔
但是爱在我手中
向前冲！向前冲！

十女聚成都

2010年5月18日，新蜂女子车队10名队员和18名保障人员在成都集中了。保障团队由摩托车厂商派出的维修技师和医师组成，他们在此次穿越中乘坐越野车押后，另外还有央视5套的摄影记者随队。

随新蜂女子车队出征的还有一个特殊身份的男人——雕哥，这是李鹤在北京“跪求”来的。

李鹤是女子车队穿越川藏线的发起者，但是她毕竟骑车时间短，也没有长距离骑行经验，所以她很担心车手的安全问题，万一真出了什么事，对得起谁呀。为此，她回北京的时候和九儿商量，自己退出管理组织团队，只当一名普通车手，当然，也不算太普通——她当头车，路上探个险什么的，就算遇上什么事，也给大家提个醒儿。同时，找到雕哥，请他来当跟队指导。雕哥网名“座山雕”，是资深摩友。李鹤是通过朋友认识他的，后来聊深了，才知道两个人住在一条街上，李鹤打开窗户就可以看到雕哥的房子。雕哥曾骑摩托车周游列国，2008年还跑了趟川藏线，算是对高原知根知底。雕哥本来对此行没兴趣，他喜欢独行，跟着一群叽叽喳喳的妞儿跑川藏线，不累死也得闹死。但在李鹤软磨硬泡下，他最终答应下来，成为娘子军团的党代表。

李鹤虽然不负责车队的管理组织，但九儿他们觉得李鹤的特长还是应该得到发挥，比如胆子大、“话痨”，这都是优点。胆子大和生人打交道不怵，话痨对外宣传就很管用。李鹤也觉得自己有义务做一些服务性工作。因此，当5月16日参加完三水全锦赛，她立即飞往成都。下飞机后马上去见本次活动的赞助者商议发车的事。五羊本田成都公司的梁经理一看李鹤是北京人，十分兴奋，立即操练起川味普通话：“姑凉（娘）们很勇敢，蹿（川）藏线一定曾（成）功。”……把个舌头搅了个嘀里哐啷天翻地覆，还特意咬“儿”字音：“放心骑儿好了，我们的摩托车儿特别棒儿……”李鹤忍着没敢笑，但这让她感觉很亲切。两个人很快就把出发仪式议程确定了。

李鹤回到酒店，一看大厅里有几个女车手聚在一起七嘴八舌说什么，神色不安，好像是出了什么事。

在这之前，李鹤东跑西颠的，没怎么和女车手见过面，好多人也不熟悉。走近一看，发现是孙东华坐在大行李箱上哭诉：“我不去了，我现在就回北京……”

什么情况？还没出征，红酒师就打退堂鼓了？

李鹤想起在北京时雕哥说起的一句话：女人事多，你们这帮人如果真能到成都聚齐了，就算成功了一半。

现在看来，还真被说准了。聚齐不易，出发也难。

李鹤问旁边的九儿，怎么啦？

九儿也莫名其妙。大家下了飞机进酒店，正准备提着行李去各自房间，东华忽然就哭了。

红酒师梨花带雨、涕泪交流，十分伤心。从她断断续续的哭诉中，大家好容易听出个眉目来，她委屈，她不平，她心里不好受，前男友的事搅得她精神混乱。来到成都也感觉不好，心里憋屈。

原来还是被情所困。姐妹们七嘴八舌哄了一阵，九儿说：“既来之则安之，事儿没那么严重，不就是个男的吗？为他天天难过值得吗？骑行多牛逼啊，外面的世界多好啊。我保证你只要踏出这一步你就豁然开朗啦！”一顿好说歹说之后，东华又恢复常态，表示愿意出征。

看到孙东华破涕为笑，李鹤也乐了：女人就是这样，来得快也去得快。她赶紧弯腰帮她提箱子回房间，哇靠，这么重！？李鹤第一下硬是没提动，她惊呼：“我这手劲都算是可以的，你这里装了什么呀？”

东华可怜兮兮地说：“人家只有一点点换洗衣服嘛。”

孙东华这次“泪奔”让李鹤感到此次川藏行不会一帆风顺。都说三个女人一台戏，这次是十个女人，绝对是大片儿啊。

第二天一早，十姐妹来到五羊本田成都经销商公司面前。这里是发车现场，路边搭起了大舞台，背景是此次活动的宣传海报，一溜崭新的本田五羊摩托车摆在前面。发车仪式之前李鹤与摩协龚红果做了电话连线，介绍了下车队情况。龚红果自然大力支持，女子摩托车队穿越川藏线送爱心，绝对是壮举，要是年轻几岁，她恐怕也跟着去了。她预祝新蜂女子摩托车队成功。

随着热闹的舞曲，发车仪式开始了。李鹤首先感谢支持活动的媒体，然后是赞助商，然后是社会各界朋友和摩友，接着介绍此次川藏行的活动内容和队员。仪式当中伴随着各种拥抱，各种祝福……由于之前宣传到位，当地来了不少送行的摩友，将签名和励志词语旗子送上。李鹤用各种礼仪回敬：鞠躬、握手、作揖、抱拳。后来一位胖胖的大哥庄重地送上一面红军时期造型的镰刀斧头军旗，军旗空白处赫然写着醒目番号：中国女子摩托车第一队！

李鹤立即抖擞精神行了个军礼。

随着摩托车轰鸣，在当地摩友数十辆摩托车护送下，新蜂女子车队一路向318国道驰去。

沿途，这支浩浩荡荡的车队十分引人注目，不少人向他们挥手致意，为这帮女骑手加油。到了318国道入口处，成都摩友告别。现在，是新蜂女子车队正式上路时间了。

按事前计划，李鹤作为头车，负责探明路况，九儿押后，以便照顾队友，每个车手都配备了手台，以便联络。李鹤从后视镜中看整个队伍，10辆崭新的摩托车，10个全副武装、英姿飒爽的女队员，那是相当壮观。

真棒啊！李鹤很激动，恨不得拥抱她们，三个月前，大家因活动相识成为朋友，而今天，我们终于上路了！李鹤豪情满怀，兴奋地在手台里对大家说："姑娘们，我们已正式踏上川藏线318国道了！真正的考验开始了！前方道路畅通！车队提速！"

廊桥旧梦

第一天目的地是雅安。

成都到雅安行程150多千米，沿途是丘陵，没有大山。

出发后，李鹤一马当先，上午路况不错，车队骑行顺利。不过很快，李鹤就觉得没劲：前面摩托车手意气风发地走着，后援车稳稳当当地跟着，这太像旅游了，有什么意思！李鹤的感受得到大家共鸣，318国道来点儿重口味的有木有？

两小时后，第一段烂路终于到了，路边立着牌子，歪歪扭扭写着几个字：前方修路，车辆绕道。

看到这个牌子，李鹤立即欢呼起来："注意注意，前方烂路，车辆绕行！"

准确地说，是四轮大车绕行，摩托车应该可以通过。后援车上来看了看，准备绕道走，和大家分道扬镳。女车手一看，个个摩拳擦掌，考验来啦！

当地人告诉他们，由于修路再加上这两天的大雨，后面的路都是泥，到底有多少千米烂路谁也不知道。这么一说让大家更加兴奋，看着烂路，就像饿汉看见了丰盛大餐一样。女车手们扣上头盔，跨上车，向后援车告别，出发！

李鹤走第一个，路确实烂，坑坑洼洼，四轮车底盘低了肯定挂住，摩托车的优势体现出来了。走了一阵，前面碰上个大水坑，绕不过去，只能硬冲，李鹤加大油门冲到对面，然后下车火速返回水坑边接应，只见姑娘们一个个飞了过来，车轮在水中开出一道航线，水花四溅，连李鹤最担心的东华也顺利飞跃，无一人摔车，牛！

第一天的飞坑考验全体人员顺利过关，这让车手们信心大增，下午她们顺利到达雅安。

雅安县城在两山峡谷之间，雅江穿城而过，景色极美。晚饭后，大家兴犹未尽，结伴去当地著名的廊桥游览。

雅安廊桥是国内最大最长的廊桥，于2005年建成。此桥横跨青衣江两岸，宽22米，全长240米，桥上为整体二层、局部三层的仿古建筑。夜晚，桥身上的彩色灯泡闪烁，像是江上的一串珍珠，璀璨耀目。廊桥这个名字让女车手们浮想联翩，抒情的，祈愿的，欢笑之声回荡于江水山谷。然而李鹤注意到，孙东华却凝望江水，痴痴发呆，似有满腹心事。

孙东华是此行李鹤最担心的车手，不仅是因为她的骑龄几乎为零，更重要的是她的情绪似乎不大稳定，能否坚持下去还真得打个问号。这次李鹤由于是头车，照顾不到她，所以专门和九儿商量，让身体素质最好的圆圆和大海骑在她前后，以防不测。

李鹤悄悄问圆圆："那位怎么了？"

圆圆摇头："不知道，好像是接了个电话。"

孙东华确实正面临着继续向前走还是返回的抉择。

她刚才接到了母亲的电话，母亲听说她骑摩托车进西藏了，十分震惊，她根本不知道女儿会骑车，更想不到女儿会到西藏去。母亲叮嘱她一定要注意安全，如果坚持不了，千万不要勉强，赶紧回去。

和母亲通完电话，孙东华轻轻叹气。眺望四周：江水滔滔，微风轻抚，夜空星星点点，广袤深邃。面对这片广阔的天地，孙东华心旌摇曳，她的思绪飞向远方，回到了纯真的童年时代。她想家了。

小时候，她住在东北的一个小城市，那时家里很宽敞，院子前后有两排大瓦房，房子后面是高山，房前有一条大河，长长的铁索桥横跨两岸。夏天，她和小伙伴们一起摘野果、跳皮筋；冬天，她们玩滑雪、打雪仗，那富有野趣的时光一直陪伴孙东华成长。

初中时，孙东华是乖乖女，成绩好又热爱文艺。一个人的时候，她爱看《飘》《简爱》《红与黑》等名著，长期的文学熏陶让她的内心更为细腻丰富。她开始写诗词散文，更在日记中尽情挥洒少女时期的那些小心思和小情绪。直到中学毕业，她的日记竟写了厚厚几大本。

除学习外，孙东华的舞蹈天赋被老师发现，她被优先选为校舞蹈组队员，这下她更成为同学们羡慕的对象。然而没多久，她又不满足了，她想进学校的美术组学画画。

之所以有这个想法，是因为爸爸。爸爸喜欢画画，业余里大多时间都在自己的书桌上握笔挥毫，兴致盎然地画着。孙东华知道，爸爸的梦想是当一名画家，但由于特殊年代的原因，他的愿望很难实现，但这并不妨碍爸爸对画画的热爱。爸爸知道女儿想学画的愿望后，非常高兴，他大力支持。不过他也提醒女儿，万事开头难，要坚持下去更难，他希望女儿能坚持梦想，并且取得成就，最好以后成为画家，圆爸爸的一个梦。看到爸爸对自己期望那么高，孙东华反而有些忐忑了，要是以后成不了画家，那怎么办啊。爸爸看出了她的心思，微笑地说，这样吧，我快退休了，退休以后我去老年大学正规地学一下绘画，你呢，就在学校学。我们两个一起学，开展比赛，看谁能坚持下来，看谁进步快，画得好的有奖哟。

“这不公平”，孙东华嘟着嘴说：“你现在都画得挺好了，我还没基础呢。”

爸爸乐了，我可以指导你啊，咱们虽是比赛对手，更是相互帮助的画友嘛。

此后，爸爸亲自指导孙东华，对她进行书画教育。不久，孙东华顺利进入美术组学习，由于天赋不错，再加上父亲一直以来的尽心指导，孙东华进步很快，没多久就成了班上的佼佼者。

此时正值中考前夕，烦琐的考试压在每个学生身上。同样，孙东华也感到压力很大，但不管学习有多累，绘画她一直坚持着。

时光荏苒。某天，孙东华回家，当她看到爸爸的画作时，不仅惊叹：爸爸已是自己仰望的一棵树了！记得 15 岁时，爸爸和她同时学画牡丹，那时俩人不分伯仲，可现在爸爸的牡丹已经很有神韵了。

孙东华边看边琢磨，随后慢慢拿出自己的画铺上桌子。这是一张水粉画：雪白的纸上，几株蓝色牡丹开得正好，宝石般浪漫的色彩雍容华贵，好似唐代宫廷仕女头上的簪花。

爸爸一看，乐了：“花没有这个颜色啊。”

孙东华撒娇：“我就不，我就喜欢它。”

“好啊，只要真心喜欢，就坚持这样画，没准是自己独特的风格呢。”

又过了一段时间，爸爸已是当地颇有名气的画家了，他的画作基本都被国外争相买走。“老爸，我输给你了！”孙东华感叹。话虽这么说，但孙东华为他感到自豪，她知道，爸爸在这个年纪学画，付出的心血一定比自己多得多。爸爸和蔼地笑了：“绘画是修养身心的事，你性格还是太急躁了，以后你一定要沉稳一些，不管将来是不是当画家，认准一件事，就要坚持下去，输赢是表面上的，心劲才是最重要的，有心劲，就永远不会输。”说着，爸爸把自己画的牡丹拿出来，并题上两个字——暗香。这是他送给女儿的画，也是他对女儿的一片希望。

多年之后，爸爸去世了。这幅名为“暗香”的写意牡丹一直挂在孙东华的房间。这是她的挚爱珍宝，只要一看到它，她心里总会充满温暖。有一回妈妈很纳闷地问：“你爸的画都被你要了去，你都拿去干什么了？”

孙东华笑而不答，因为妈妈不会知道，有画陪伴的日子即使自己身在天涯，即使自己伤心难过，她依然可以神采飞扬地生活。因为这是爸爸给她的礼物，是只属于她一个人的爱。

中学毕业后，孙东华收到济南一家中专学校录取通知书。看着这份通知书，她心情变得复杂起来。这是她第一次离家上学，日后的每一步都要靠自己走。

母亲不无担忧地看着女儿，担心这个乖乖女在外地生活不惯，还担心她人生地不熟受别人欺负。

孙东华安慰母亲，她一定会过得很好，她有护身符呢。

护身符就是爸爸的画。

这所学校为公办中专，条件很好，为半军事化管理，来这儿的学生家庭条件都不错。进校后，孙东华不太开心，她想家。每到寂寞的时候，她就拿爸爸的画来看，画中的牡丹栩栩如生，就像爸爸在说话，她感到了爸爸的温暖和爱。就这样，在牡丹的陪伴下，她慢慢适应了校园生活，结交了一些好友，并开始积极参加各种社团组织。有一次，她竟意外地被校演讲协会选上了。

对此好友十分吃惊，非要她请客吃饭：“这个协会我申请了好几个月都没进去呢，真羡慕你。”

经常参加活动让孙东华结识了更多的朋友，她成绩提升很快，心情越来越阳光，同时她还成了班干部。每周，各班都有劳动日，孙东华什么事都抢着做，她曾被安排到主任科室和校长办公室去收拾屋子。有一回，她发现校长办公桌上的铅笔芯都用没了，于是她用美工刀一支支细细地削。学画多年，她早已学会了绘画时专业的削笔方法，所以削出来的笔好看又好用。后来，校长看到了这些笔，对她印象极好，并记住了这个细心的女孩。

在校期间，孙东华算是品学兼优的学生，尤其是语文，成绩一直名列前茅，而这大概是源于孙东华一直有写日记的习惯。上中专后，她的这份热情更一发不可收拾了。厚厚的本子上，她写了很多抒发内心情感的日记，后来她又开始写诗词、散文和小说，有一回她的诗歌还被学校选送发表，由此，她也成了同学们眼中的才女。

几年过去，中专即将毕业，学生开始分流，或考大学或工作。而孙东华忽然有了新想法，她在日记中写道：“我想自己创业。”没想到多年之后她还真走上了自主创业的道路。

毕业后，孙东华和几个要好的同学们选择留在济南，在一家企业实习。初进社会，一切都不容易，住宿条件不好，上班路途遥远，工资不高，还得天天加班，但她从不觉得苦。她对同学说：“放心好了，你们在这儿，我就在这儿，能和你们在一起才是最开心的事，有什么困难我们一起解决。”几句简单的话，立刻令两位好友泪眼朦胧。不久，孙东华在纺织厅下的一个公司找了份工作，由于能力出色，她很快得到重用，在同学们只挣几百块钱的时候，她一个月就能挣 1200 元了。

然而好景不长，一次公司老板训斥员工，孙东华为别人打抱不平，和老板发生了冲突。虽然老板很欣赏她，并道了歉，但她还是毅然辞职回了家。

“回来就好了，就在青岛找工作吧。”妈妈拉住女儿的手说。不久，孙东华的简历挂进人才中心，资料刚一上线，就有多家公司发来面试邀请。

这一年，孙东华在家过了春节。期间，母女俩常常聊天，妈妈希望她就在青岛工作、结婚、生子，不求大富大贵，只要平平安安就好。

孙东华静静地听着，没有表态。妈妈是40后，想法很传统，这是妈妈对女儿的一片苦心。节后，孙东华开始做上班前的准备，然而某天，一个梦却打乱了她的生活轨迹。

梦中是一片美丽的浅紫色，一只小鸟飞到窗台边虚弱地拍打翅膀……梦中有个声音告诉孙东华，这只鸟就是她自己，如果留在青岛，她将没有梦想和未来。醒来之后，孙东华立刻找妈妈倾诉：“妈，我想去深圳，或者去济南，总之我不能留在家里。”

妈妈劝了孙东华很长时间，但孙东华就是不妥协。最后妈妈叹了口气说：“深圳太远了，我不放心，济南虽近，但没人照顾你啊！”

正一筹莫展的时候，妈妈的同学告诉她，自己的女儿在北京开公司，要不让孙东华去吧，这样也好照应。于是节后，孙东华赴京上班，经过四个月的试用期，孙东华就做主管了。一年后她离开单位去国际商务旅游公司工作，成了一名标准的白领。

一直在职场打拼，孙东华经历了各种困难，这让她迅速成长，也越来越坚韧独立、优雅睿智。

2007年，孙东华先后赴法国波尔多、澳大利亚巴罗莎山谷等地的顶级红酒庄进行考察，庄园内那童话般的迷人风光令人沉醉。回国后孙东华和朋友创办了一家红酒贸易公司。经几年努力，公司经营得风生水起，在市场上赢得了极好的口碑。

闲暇之时，孙东华学会了茶道、栽花，还养起了小动物，她常和闺蜜们一起在家做饭，品鉴红酒。

某晚聚会后，一位闺蜜特地为此写下这样一篇日志：

月亮躲进云层里，银霜满地。寂静的小屋中，亮着柔和的光。伴着轻启软木塞的声响，股股醇香流淌于玻璃器皿里。高脚杯被轻轻托起，品酒的人儿轻摇细啜、低眉浅酌的模样像极了暮色中的紫罗兰，晚安，这美丽的夜晚……

这样的生活真够小资的，但似乎缺少了什么。平静下面有时会溢出一种莫名的忧伤。

在北京这个国际大都市打拼，孙东华有成功的欢乐，也有人生低谷的沮丧，两者往往紧密相随。人生大起大落，考验的就是人的意志力，而爸爸的那幅画一直伴随她经历风风雨雨。这次进藏前，有人问她："你是做红酒的，为什么现在忽然爱摩托车了，为什么忽然喜欢冒险了？"

是啊，为什么呢？确实，红酒和摩托车两不挨。如果非要找一个理由，那就是自从在北京第一次骑上摩托车，她就有一种全新的感觉，那金属引擎咆哮的声音有一种野性的力量之美，驾驭铁马在路上飞驰让人对大自然充满敬仰，迎面劲风不仅吹扫面颊和身体，同时也对自己的心灵进行了一次洗涤，以往很多不顺心的事就显得渺小了。心劲，爸爸当年说过的心劲指的就是人生的进取态度。现在，孙东华在摩托车上找到了答案。想到这，孙东华微笑了，她转头看新蜂姐妹们。那边，王艳和孟立海她们在合影留念，九儿和圆圆在嘻嘻哈哈地聊天，真是其乐融融！看此情景，孙东华心中不由淌过一丝暖流，她感觉轻松了很多。

李鹤不知道孙东华和谁通的电话，也不知道说了什么内容，她就是担心孙东华能不能坚持往下走。这次川藏行，她希望十姐妹全部顺利到达拉萨，一个也不少。李鹤过去拍拍孙东华的胳膊，关切地问：“没事吧?”

孙东华笑着摇头。一切都过去了，她现在是一名车手。

康定情歌

第二天早上8点半，车队集结出发，直奔康定。康定县是甘孜藏族自治州州府所在地，处在四川盆地西缘山地和青藏高原的过渡地带，大雪山中段的海子山、折多山、贡嘎山由北向南纵贯县境，将其分为东西两大部分，东部为高山峡谷，多数山峰在5000米以上；海拔7556米的“天府第一峰”贡嘎山在县境东南，峡谷高差3500米以上；西部和西北部为丘状高原及高山深谷区。

这次队伍有一些变化，从第一天的骑行经验看，大团队集中在路上骑比较危险，那些过路大车开得很霸道，稍有不慎就会被撞上。雕哥决定分成两人一组，隔5分钟出发，在沿途几个点集结，同时把里程表清零，以便让保障后援车辆能够准确知道车手需要救援的位置。李鹤和圆圆一组，沿着318国道骑行，穿过几个小县城后，顺利到达了茶马古道。这里的牌坊上留下了很多旅游者的签名，其中有一条很是彪悍：“路是谁他妈修的，姐姐我算是累挂了！”

这应该是一位驴友留下的，日期5月14日，也就是6天前。

李鹤和圆圆倒不以为然，318国道川藏线1950年开始修建，1954年通车，由于自然地理环境恶劣，常年处于维修状态，也常年处于烂路状态。当年18军进军西藏，为修这条路付出了4963名战士牺牲的代价。且不说当年修这条路有多么艰苦，就算是条烂路，不也正是它的魅力所在吗？要找好路，上高速去。

来到二郎山隧道前，姑娘们碰见一队进藏的中老年骑行队和自行车驴友，觉得很亲切，双方交换各种佩服各种赞叹，都觉得对方很了不起，都觉得对方像是自己失散多年的兄弟姐妹或者是叔舅姨妈。

二郎山海拔3400米左右，在雅安天全县境内，是青衣江和大渡河的分水岭。在隧道修通以前，公路去拉萨在这儿必须翻越二郎山顶部，那段路路况险恶，车祸频发，有“翻上二郎山，犹如鬼门关”之称，十分费时间。现在有了隧道，“鬼门关”不存在了。

由于隧道位于二郎山山腰，海拔才2000米出头，女队员们没出现什么“高反”症状。大家兴致勃勃地站在隧道前留影，隧道前有一人高的石碑，刻着那首著名的歌曲《歌唱二郎山》，还是五线谱的。车手们在碑前拍照留念，然后看着歌谱敞开嗓子咿咿呀呀嚷嚷一阵，随后大家排成一队，统一开着左转向灯一头扎进4000米隧道。

下午5点，车队安全到达康定。

住下来后，李鹤忙着为第二天出发做准备。康定之后才是真正的考验，大山一个接一个：折多山、高尔寺山、东达山、剪子弯山、卡子拉山、古冰帽海子山、波瓦山、色季拉山、米拉山……这些大山早在出行前就已经熟知，现在马上要见到真颜了。李鹤出发前在网上看见一个驴友告诫，川藏线除了路况艰险外，过了折多山还有打劫的，切切小心。如何防止打劫呢，这位驴友煞有介事地提供了两个方案：一是坐飞机进藏；二是成为山大王，当他们的头儿。

李鹤觉得这位网友危言耸听，即便真有那么邪乎，咱姐们儿都是什么人哪，玩摩托的女人，现代女性，属于网上疯传的那一种：上得了厅堂，下得了厨房，杀得了木马，翻得过院墙，开得了好车，买得起好房，斗得过二奶，打得赢流氓——山大王也不在话下。不过，慎重对待总是没坏处的。晚饭后，车队在康定买了零件把用坏了的手台配好，以便联系和支援。同时再次进行人员编组，将两人一组编成 5 人一组，李鹤带一队前面开路，九儿带二队后面跟着。同时告诫大家，晚上早点儿休息，以便第二天翻山有充足的体力。

然而当天晚上除了稳重的大姐（由于钱蕾岁数最大，大家都管她叫大姐）早早睡觉外，大多数女孩睡不着，在各个房间兴奋地乱窜。这是康定啊，到了康定怎么能不想起那首脍炙人口的《康定情歌》呢？歌词中那“张家的大哥”和“李家的大姐”在哪儿呢？“张家大哥”如果碰上骑着摩托车的“李家大姐”又如何呢？爱吗？敢爱吗？

姐妹们兴致勃勃、煞有其事地讨论这个问题。可不是吗？此行队伍中里真有两个姓李的大姐——李鹤和李玥。问题是，张家大哥何在？

实际上“张家大哥”不姓张，而是姓李。《康定情歌》的作者是四川宣汉人，叫李依若，出生于 1911 年，这位“李哥”，自幼聪慧，喜欢吹拉弹唱。20 世纪 30 年代时，李依若在成都上学，和班上一位李姓女同学相爱了。这位女同学就是康定人。李依若和这位女同学到康定跑马山玩耍时，根据湘西“溜溜调”编了首《跑马歌》，唱给“李家溜溜的大姐”听，以示求爱。但是由于家人和族人反对，婚事未能成功，家里还不给他学费读书，后来经朋友和李家大姐相助，李依若才完成了学业。

这故事有点儿悲催。

《康定情歌》的故事引起大家对各人身边“张家大哥”的探寻：都说说，别藏着掖着，和姐们儿分享一下。结果，来自北京的车手孟立海——大海——的故事被挖掘出来。

大海的妈妈原是北京知青，“文革”期间为响应毛主席号召，到宁夏上山下乡，后来和银川化工厂的一位工程师结婚。此后，夫妻二人一直在银川化工厂大院过了十多年。

大海是1977年3月25日出生的。按理说，新得了孩子，做父母的应该高兴才对，可父母却分居了，妈妈带走了大海和大海的姐姐，而儿子则跟着爸爸。从此，两家人同居一地，却过着互不相干的生活。大海的妈妈能干又好强，个性风风火火。因特殊年代的经历，她脾气比较暴，对大海恨铁不成钢，几句话不对，耳刮子就来了。大海从小就腼腆自律，像丝瓜一样静静生长。

16岁，大海随妈妈回京，在北京市第166中学上学。也就是在这个时候，她喜欢上了摩托车。每天放学路上，街边车行里那些身上印着各种漂亮贴花的摩托车吸引着她的眼球，她完全被这种充满了力量与美学的机械吸引了。"以后有钱了一定弄一辆摩托车骑"，这是她中学时代的梦想。

1997年，大海考上了北京邮电大学，学的是信息与通信工程专业。一年后，母亲突然因车祸去世，随之而来的是一场官司。这期间，家里经济很紧张，而姐姐也变得暴躁偏执，大海成了顶梁柱，除学习外不仅要陪姐姐看病，还要打零工养家。

那时她什么活都干，发传单、摆地摊、干销售。后来去五道口摩托车修理铺打工，这是她蓄谋已久的地方。当年，这家铺子是五道口那一片产品最全的店，各种摩托车配件应有尽有。干了几天后，她鼓起勇气对老板说："我不要工资，只要你教我骑车就行。我太爱摩托车了。"

老板很惊奇，女孩还敢骑摩托？小命不要啦？

大海笑笑："如果骑不成，我现在就会没命的。"

经不住再三请求，老板推来一辆250cc国产摩托车让她过过瘾。这之后，大海每天上班都要骑着摩托车在附近兜两圈，并考了驾照。数月后的一天，大海骑朋友的车去郊区。上路的感觉真是爽，她忍不住来回来去地轰油，加足马力向前冲，在一个急弯处她不慎摔倒。这一摔不轻，连头盔都磕碎了，送到附近医院，头上缝了6针。朋友吓坏了，但大海一个劲儿道歉，她觉得摔朋友的车实在不好意思，以后要摔还是摔自己的放心。

1999年她终于买了自己的第一辆车“YAMAHA FZR400（水晶灯）”，并加入北京摩托车俱乐部，认识了不少志同道合的朋友，大家聚会、郊游、摩旅，玩得不亦乐乎。骑车之余，大海还在西单明珠百货楼下开了家居店，卖古典画框、珠帘台灯等饰品，由于物美价廉，生意相当不错，大海过得惬意。

25岁，这个抓狂的年纪就像瞌睡一样说来就来。经不住爱情的诱惑，她和“张家大哥”闪婚了。老公是经朋友介绍认识的，比大海大三岁，身高183厘米，外形工作都Nice。可生活一段时间后，大海就发现自己和老公性格不合。老公不太成熟，任性、爱发小脾气，完全像个大孩子，他们的生活理念也对不上频道，可以说就不是一条道上的人。老公坚决反对大海骑车，理由是太危险，他希望大海安安静静地做个好妻子，柴米油盐、生儿育女、照顾公婆的日子才是正道……如果骑车，那谁来管家？谁来照顾自己啊？

大海对老公的想法无可奈何，她认真地说：“你放心，我有信心做到家庭、事业两不误，骑摩托车是我一生的热爱，我绝不会放弃……”

老公对大海的话不以为然，固执地认为，骑摩托车和当一个好妻子，只能二选一，不可能兼顾。此后两人多次因车子的事争吵，关系一度闹得很僵。

没多久，大海的婚姻走到了尽头，两人和平分手。离婚后大海剪短了头发，和裙子彻底决裂。她说话变得沉稳，走路也风风火火起来，从背后一看，好多人都会喊："嗨，哥们儿！"这期间她无心照料小店，只能关张，而摩托也没心情骑了。离婚后她第一次觉得自己过得很糟糕，找不到奋斗方向，生活一度变得很苦闷。

一个人在家，大海成了死宅，她每天脑子都在转：我该怎么办？带着一肚子的委屈与烦闷，她开始翻看各种书籍，当起了学霸。而她看得最多的则是毕淑敏和张德芬的心理书籍。经过数月的沉静之后，张德芬的一段话让她忽然顿悟：臣服的好处就是，当你接纳了当下，不徒然浪费力气去抗争的时候，事情往往会有意想不到的转机出现，这时你才发现原来的挣扎其实是白费力气。

是哦，离婚是正确的，我没必要沮丧。我的命运我做主，问问自己的心，我到底想要什么？至此，大海开始身随心走，她花了4600元去学了3天汽车特技，接着她买防风衣、风镜、绳索等物去登山，然后又去练跆拳道，生生地折腾出了轮廓鲜明的八块腹肌。再后来，她又把一辆"SUZUKI 盗匪"收入囊中。玩摩托车让她心情舒畅。

2009年，也就是李鹤进入赛车队的那一年，大海买下心仪已久的战车——哈雷883，从此这车就成了她的"张家大哥"。哈雷车的金属质感、优美线条、迷幻的颜色、电镀和黑漆的对比，还有那烫人的排气管、震耳欲聋却如音乐般的轰鸣声，无一不符合一个独立女孩在梦中对力量和自由的物化想象。哈雷与其说是一台机器，不如说是一种摩托文化的象征，是年轻人尽情宣泄自由竞争精神和彰显年轻活力的标志。

有了哈雷，大海走哪儿骑哪儿，亮骚得很。高速公路、胡同巷子都留下了她的辙印。她还一个人骑哈雷披星戴月跑上海，此后她成了北京哈雷车主会的主要成员，在圈内小有名气，车友们都亲切地叫她灯儿。大海的体会是：选择了哈雷，就选择了一种生活方式。当你坐上座驾，就像在驾驭一辆怪兽，可以自由驰骋去你想去的地方，有它在，我的生活丰富了，心态也更平和了。

几年内，她独自骑车去大连、上海、内蒙古、浙江、山东、西藏。因为喜欢内蒙古的天，后来她就去了三趟内蒙古，一趟正蓝旗，一趟查干诺尔湖，一趟大滩。

有人曾经问她："在中国一辆哈雷摩托车连同牌照、装备置办下来，最少也得15万元，比一般轿车还贵，你玩得起吗？"

大海回答："我是普通家庭长大的孩子，我靠自己的能力买车。我的旅行费比一般骑哈雷的男生要节省，我不住大酒店，车也没怎么改装，钱基本上都花路上了。"

经常骑行让大海走了很多路，一年骑行3万千米让她成了资深摩女。不久，她找到了新的"张家大哥"，和一名军人结了婚。军人果然是金戈铁马的范儿，不仅支持她骑摩托车，还经常跟着她去旅游。会骑摩托车的女人才是真正的女人啊！自此军嫂大海开始了自己的第二次人生。不过第二次婚姻，也让大海有所改变，在外是摩托车手，在家里就是个好妻子，不仅研修厨艺，还学会按摩、插花等"为妇"之道。小日子过得很甜蜜。此次进藏，都说318国道艰苦，苦吗？趴在摩托车之上，心在荡漾，车在飞驰，再哼着小曲，"跑马溜溜的山上，一朵溜溜的云哟……"你说苦吗？只要心不苦，就没有苦。大海如是说。

大海的"张家大哥"故事让女车手们很感慨，比《康定情歌》作者的结局好。励志。看来只要追逐自己的梦想，理解自己的"张家大哥"迟早会出现。"张家大哥"可以是人，也可以是摩托车。当然最好融为一体。哈，变形金刚啊。

大　雪　山

第二天起床后，女队员们到餐厅就餐，雕哥和随队医生再次向大家特别告诫：今天要翻两座海拔 4000 米以上的大山，注意“高反”，不宜饮酒，不宜抽烟，不宜过于激动……这么一说，搞得大家紧张起来。

李鹤作为头车，最为关键，她想别人都反了我也不能反。为防万一，早餐后她灌了一瓶藿香正气水，没想这一喝不打紧，顿时胃打成了一结儿，没几分钟就“反”了——呕吐。脑袋绷着青筋，眉头拧成了个大疙瘩。马上要出发了，她赶紧做着深呼吸尽量让自己平静下来，嘴里含着块儿糖，可是怎么也盖不过去那股呛鼻子的药水味。就这样，她戴上头盔，时不时打着药嗝儿出发了。

刚上路，康定县城出城方向堵车，原来是对面来了大队军车，县城道路管制。李鹤只好带着大家站在路边等待军车通过。川藏线上的军车经常是浩浩荡荡，一来就是一二百辆。燕子是军人家庭出身，她打量着车队，判断：应该是支汽车团。

军车浩浩荡荡走着，川藏线上的军车司机一般都戴着防雪眩墨镜，看上去很酷。闲着也是闲着，向帅哥们敬礼呗，李鹤举起右手，向军车致敬。头车的举动立即影响后面的车手，大家都跟着敬礼致意，帅哥军人们正襟危坐，也不知注意到这帮女车手没有。李鹤注意到身旁的大海，那军礼敬得很有范儿，每过一辆车，大海的右手还往上一挑，美国大兵似的。老公毕竟是军人哪，就是不一样。

军车在新蜂车手们的注视下缓缓离开了，待道路畅通，车队又踏上318国道。

一团团雾气扑面而来，越往山上走雾气越大，早上的温度还很低。车手们不得不打开面镜，因为哈气太重，眼前雾蒙蒙的。

李鹤边看前面路况边从后视镜观察后面的车队，长长的队伍在大雾中基本看不清，只能看到一闪一闪的黄色小转向灯。李鹤的眼睫毛上已挂上水滴，手指都快冻僵了。她庆幸自己“鸡贼”，出发前在骑行服里套上了各种棉胆，没太受冻。同时将自己抵御寒冷的经验用手台转达给大家：“注意注意，如果大家觉得手指冷，就不停地握紧车把，然后放松，再握紧，再放松……”

盘山路路况很好，走出一段云雾，没多久就又骑进一段云雾，像做梦一样。李鹤小心翼翼骑着，前面不时有汽车从雾中出现，来得相当突然，就像从地里钻出来一样，碰到这种情况，李鹤都会用大灯闪一闪，提示对方这里有一帮姐们儿呢。山路会车让人高度紧张，摩托车在公路上是弱者，川藏线上的汽车大多比较野，撞上了后果真不堪设想。

又不知转过多少道弯，雾突然散了。湛蓝湛蓝的天出现在眼前，视野豁然开朗，潮湿的柏油山路蜿蜒曲折……李鹤大口喘着气，睁着眼睛看着四周。山间就是云海，刚才穿过的那段雾就是云，我们与云同高！一想到这句充满豪情和浪漫的词儿，李鹤激动不已，随后她看到云海的背后陡峭的山脊，山脊后面远远矗立着的是——白皑皑的雪山。

“雪山……”李鹤说了句，眼泪就噼里啪啦掉下来。手台里姑娘们尖叫着，呼喊着，李鹤却一个字都说不出来。骑行还在继续，马上就要到达山口了。应该报路况，但李鹤说不出话来，眼泪还在往下流。她平生第一次亲眼看到了美丽雄伟的雪山，这里是离天很近的地方，冥冥中她有一种回家的感觉，觉得可以放下所有的思想与情绪，放下贴在自己身上的所有的标签，放下那些你曾经认为很重要的事物，雪山不会在乎你有什么，也不在乎你是谁……

车队来到折多山山口了。折多山最高峰海拔4900米，是川藏线上第一个需要翻越的高山垭口，因此有“康巴第一关”之称。垭口路边石块堆积的玛尼堆上飘拂着五颜六色的经幡，车队停下休整，队医曹大夫忙着给大家量脉搏，查体温。九儿上后援车拿衣服，发现由于气压原因，车上的易拉罐和牙膏开始发涨，个个鼓得跟气球一样。

气温在明显下降，大家的身体也开始发涨，人似乎胖了一大圈，女孩们用幽幽的声音相互提醒：“走路，拿东西……一定要慢……要慢……慢……”

低气压让人的行为变得诡异，大家都不自觉地学起老太婆的姿态，缓慢转头，慢抬手腿。这种猥琐造型让人感到好笑，李鹤比画道：“别笑别笑，保存实力为妙！”

高原反应让人动作迟缓，但看着远处的大雪山，姑娘们还是压抑不住兴奋劲儿，太震撼了！在雪山面前，个人太渺小了，太卑微了，她们张开双臂抒情：大自然啊，雪山啊，生命啊，苍茫啊，人生啊……每个人都在感慨，每个人都在唏嘘。雪山有一种让人解脱的魔力，好像突然释放掉了包在灵魂外面的层层束缚，以前那些事都不是个事。姑娘们互相拥抱、合影，叨叨咕咕说着自己也听不清的动情的话。

李鹤试着给北京家里拨电话，居然通了。知道她平安抵达折多山，父母很替她高兴，并说下一站应该是理塘吧。李鹤心里一阵热，看来父母对川藏线是做了功课的，说明他们心里还是惦记着这个长期外出闯荡的女儿。她一直以为父母没把她当回事，当年离家出走，根本就不找她。

“折多”在藏语中是弯曲的意思，写成汉语是“折多”二字。折多山的盘山公路弯很多，一个弯接一个弯，当地人有句话：“吓死人的二郎山，翻死人的折多山。”

在垭口休整了一个小时，车队疾驰而下，折多山果然“折多”，全是又窄又陡的急弯，不仅弯急，后半段的路非常烂，土路加轧烂了的柏油盘山路，不是包就是坑。车手们大都站着骑行，摩托车就像在波浪中的小船一样飞上飞下。李鹤报路况不停地重复几个字：“……前面注意拐弯……小坑……大坑……大小坑……全是坑……”由于路的颠簸，她的声音不住颤抖，好像是绵羊音，这让后面的人既紧张又想笑。

下山之后，真正的藏区出现了，草原和牛群让女车手们惊呼不已。李鹤车头一拐，冲下公路，后面的车手立即跟上来。女车手们在草原上一趟又一趟飞奔，玩起了越野，然后停车倒地，在草地上滚来滚去撒欢儿，直到每个人带着一身牛粪上了路。

有折多山垫底，第二座海拔 4412 米的高尔寺山顺利通过。

天黑前，车队到达雅江县。

这里距离巴塘还有 325 千米。根据计划，巴塘团结小学是这次川藏行爱心传递第一站。车手们要看望当地的孩子。

亲爱的姐姐我爱你

5 月 22 日一早，新蜂女子车队的姑娘们早早起床，准备赶赴巴塘，很快就要看到孩子们了，大家都很兴奋。出发之前，按惯例雕哥介绍了下路况，这天路程是 325 千米。路程比较艰苦，从雅江出发后，27 千米山路将把海拔从 2530 米迅速提升到 4600 多米，要连续翻过两座海拔超过 4000 米的高山，还有几十千米的无人区，路上泥石流、塌方不会少。人车一旦上了海拔 4000 米，就一直在这个高度以上度过了——最高到达 4718 米的卡子拉山，最低的是 4014 米的理塘县城，到了巴塘又降为 2500 多米。

“你们做好充分的准备，不行就上后援车，不要硬逞强，在山上出了状况非常麻烦——危险！”雕哥最后特别叮嘱。

摩托车队还是分为两大组。李鹤带 4 个女孩组成一队，小九带 4 个组成二队。五羊本田的工作人员要求一个小队回昨天进城的路拍照，留一些宣传资料，但谁也不愿意再走回头路，李鹤和九儿只好划起了剪刀石头布定胜负，结果李鹤的剪刀顶不过石头，眼睁睁地看着小九的二队得意扬扬地先出发了。

李鹤这个小队拍完照，急急忙忙赶前面的队伍。由于昨天夜里下了雨，路面非常湿滑。车也不时出现高原反应，经常会熄火。几个成员相继摔车，好在大家都没有受伤。

车队顺利地到达第一个垭口剪子弯山，藏语名字叫“惹玛那扎”，意为羊子山口，放羊休息的地方。山口海拔4659米，是318国道经康巴地区的最高山口之一。过了剪子弯山之后，海拔4718米的卡子拉山垭口也被姑娘们征服。这次，李鹤没有流泪，淡定了许多。

中午时分，李鹤的一队和九儿他们的大部队在理塘会合。理塘是世界上海拔最高的县城，坐落在一个四面环山的大盆地之中，平均海拔4000米。每年八月绿草茵茵野花遍地时，这里要举行一年一度的理塘赛马会。届时，草原上的牧民们带着帐篷，身着艳丽的民族服装，佩戴各式玲珑精致的饰品从四面八方汇集赛马场，盛况空前，是草原最大的民间活动。

现在不是八月，女车手们无缘见到草原的盛况，她们进入县城，随便找了家馆子吃饭。这时一群刚刚放学的藏族孩子走了过来，他们十分活跃，见路边停了这么多摩托车，都好奇地围上来指指点点，有的干脆爬上来拧拧油门。看到他们兴奋的样子，姑娘们干脆不吃了，从后援车上拿下些玩具准备发给孩子。这下可炸窝了，孩子们争先恐后蜂拥而上，现场一片混乱。李鹤灵机一动，高举起双手喊了一声：“来这里排队领礼物喽!”孩子们反应很快，立即就排起了队伍。看着这些孩子红扑扑的小花脸，李鹤笑得合不拢嘴。其他车手也很快和孩子们打成一片，九儿和圆圆骑车带孩子们在周围兜风，孩子们追逐着摩托车，欢呼着，奔跑着，十分兴奋。不知谁起了个头，孩子们不约而同地唱起了歌：“亲爱的姑娘我爱你……”这种原声态的童声立马将车手征服，简直是天籁啊。

车手们坐在地上，孩子们围成了一圈边跳边唱：“长长的头发，黑黑的眼睛，好像在什么地方见过你。山上的格桑花开得好美丽，我要摘一朵亲手送给你。亲爱的姑娘我爱你，让我走进你的世界和你在一起……”

这首歌是出生在马尔康县的藏族歌手索朗扎西2008年的成名曲，参加过各种大赛，在藏区脍炙人口，本是男女情歌，但从这些孩子们嘴里唱出来，那么的质朴与真诚，别有一番感受。姑娘们都觉得这次来看孩子太应该了，对这次捐助的对象巴塘团结小学充满了期待。

下午，车队顺利通过海子山，到达巴塘县。

第二天一早，车手们终于来到巴塘团结小学。这是此行“将爱心传递给孩子们”心愿实现的第一站，在这之前，学校已告诉孩子，有北京来的大姐姐骑着摩托来看望大家。

早上7:30，车队到达学校，孩子们早已穿上鲜艳的藏族服装在门口欢迎了。卸下捐赠的物资后，车手和孩子们一起吃早餐：酥油茶、馒头和鸡蛋。饭后，车手们按照自己的特长自动分组，开展了英语、美术、手工、跳舞和摩托车体验活动。圆圆是英语老师，和李鹤一起给孩子上英语课；燕子和闫慧则指导孩子们在从北京带来的儿童美工图本上创作；大海和陈娟娟在操场和孩子们一起跳舞；陆少妹和大姐钱蕾则带着孩子们体验摩托车……

高原小学从来没有这么热闹过，孩子们都玩疯了。

这一天对巴塘团结小学的孩子们和车手来说都是终生难忘的，本来计划2小时的活动延续了4个小时。分别时，所有孩子重新回到操场，给姐姐们赠送哈达，并用画笔将自己的祝福写到摩托车上：“姐姐一路平安”，“亲爱的姐姐我想你”……然后手拉手围成大圈，唱歌为车队送行，依然是那首熟悉的歌曲——“亲爱的姑娘我爱你”，不过是把“姑娘”改成“姐姐”。一听这歌，车手们眼泪就往下掉，孩子们也跟着哭，李鹤赶紧拿出纸巾擦干净他们那些沾着鼻涕眼泪的小花脸。一个叫卓玛的女孩对李鹤说："大姐姐，我们爱你们！我会想你们的，你们会想我吗？祝你们一路平安。"李鹤一听，又哭起来。

上路后车手们久久不能平息，手台里一片静默，大家都在回味刚才的感人画面。李鹤承认，过去她对孩子很惧怕，去饭馆吃饭，坐飞机，她都躲着孩子，她怕听到那穿透力超强的哭声和尖叫声。即使是电视上那些所谓的"祖国的花朵们"一边跳舞一边笑也是那么不自然，好像有两个夹子夹住腮帮子似的……但是现在，她看到了不同的孩子，这些孩子纯得像高山上的雪，很懂礼貌也很害羞。他们喜欢带去的礼物，并且真诚地给你拥抱。他们不会说漂亮的话语，会很认真地说骑摩托很危险，一定要小心这类话，有时觉得他们真是一群小大人。

李鹤感叹，这些孩子不是川藏线最贫困的，但他们眼神里的善良和质朴绝对是独一无二的。他们也许对爱这个字理解得并不是很深，在他们心里爱就好像是简简单单的一个拥抱，一起游戏时的快乐，和一份小小的礼物，甚至一个微笑……但这份爱的力量却不亚于经历过的那些所谓"惊天地泣鬼神"的爱……

沉浸在爱的回忆中的李鹤此时还没意识到，她们真正的考验就要来了。

东达山惊魂

东达山位于芒康和左贡之间，海拔 5008 米，是川藏线上最高的山口。

新蜂女子摩托车队从理塘出发后，很快过了金沙江大桥，进入西藏境内，当晚住宿芒康。第二天早上 8 点向左贡进发，这天路程并不远——164 千米，但翻越东达山却危险状况迭出，可谓惊心动魄。

事后李鹤回忆这段路还心有余悸："那段路不仅山高，路况也极差，各种能想象出来的烂路应有尽有：炮弹坑、搓板、碎石、沙土、泥坑……路中间的水塘大得吓人，可以说是波澜壮阔，真不知道下面藏着什么怪物……气候也极为多变，冰雹，雪花，雨水，狂风，大太阳，一年四季的名堂全凑一块儿了。"

东达山让女车手们领教了什么是真正的高原之路，这天每个车手都摔了个七荤八素，状况频出，有人晕倒，有人号啕，有人单跑，有人失踪……

东达山也让随队后援车的人心都提到嗓子眼儿，道路险峻狭窄，路边就是深不可测的悬崖峭壁，拐弯处也没有栏杆，摩托车稍微操作不当掉下去，根本就没的救。

关于这段路，李鹤在博客上写了几个精彩的故事，摘录如下。

故事一：雪山下中暑（主人公：陈娟娟）

这标题听着就挺雷人的。这是随队的工作人员在报道中写的标题。今天的路就已经够烂的了，一路上还遇到了N队军车。一队军车就是好几百辆，还都是卡车。在几百米的悬崖上会车可不是件好玩儿的事儿，路是又窄又烂，能找个宽敞点儿的地方靠边停就已经是阿弥陀佛了。要么你停山脚下，上面往下掉石头，要么你停悬崖边，祈祷迎面来的车别把你挤下去。一停下来不要紧，过一辆车就暴土扬尘，好几百辆哪，慢慢等吧。大太阳脑袋顶上面晒着，刚从雪山上下来身上还都是穿着各种棉衣棉裤的，头盔面镜不打开还往里灌土呢，更不用说把盔摘了。这么个情况水喝得不够可就危险了……

陈娟娟是个性格外向的姑娘，一路上都是兴高采烈的，可能也是有点“高反”，所以很难安静下来。折腾一上午不要紧，下午在路上出了状况。车队在这种山路上会拉开很远的距离。后援车就更是好几个山头以外的位置了。她中暑的时候，前面的车回不去，后面的车上不来。离她近的几个姐妹把摔在地上的陈娟娟抱在怀里又是掐人中又是往脸上泼水，好一阵折腾。（当时小妹吓哭了，以为陈娟娟从此长眠不醒，要就地安葬。——笔者注）直到雕哥的后援车赶到，把她弄上车，大家才松了口气。晚上到了县城直接就奔医院了。这丫头真是病来得快，去得也快，从医院回来宾馆的时候还打着吊瓶呢就口沫横飞演绎起了当地大夫的搞笑言行；最雷人的是听说明儿休整一天的消息后还要了瓶儿啤酒，打着吊瓶就开喝了。记得从成都出发的发车仪式上我曾经这样介绍过陈娟娟：集天使与魔鬼于一身的女车手，职业是护士，白衣天使，网名是“千年寒妖”，这不简直就是个魔鬼吗？哈哈。当然，另外陈娟娟也长着一副天使的面孔和魔鬼般的脾气。注意，这里说的是脾气。从上线到结来，她一直都很活跃。人前人后，镜头前，镜头后，原本是什么样就还是什么样，一点不带装相儿和收敛的，绝对的真我呈现。一聊天儿就是纯正北京口音和各种你大爷以及其他雷人的口头语，不知道拍摄团队在后期制作时怎么剪辑，片段中得加多少“哔……”啊。听她聊天绝对笑你一脸褶子，不过她发起脾气来你就等着一脸吐沫星子吧！嘿嘿。

故事二：夜间狂飙的“夜盲症病人”（主人公：闫慧）

“我有夜盲症，晚上开不了车的！一定要在天黑前下山！”这孩子丢下这句话，跨上车就狂奔了，害得我在后面那个追啊……过了东达山口后已经是晚上8点半。虽然西藏的天黑得晚，但是眼看就要伸手不见五指了，必须打开头盔面镜，瞪圆了眼睛看路。天上飘着雪花，下着冰雹和雨，打在脸上那叫一个疼。白天被太阳暴晒完了，晚上又赶上雨淋，再加上开着面镜小风吹着，等着脸上长皱吧。我的电台已经没电了，只有闫慧的电台还能和后援车联系上，下山的路她一直在前面跑。我不想把她一个人放单儿，一直紧跟着，但是发现后面的人却越落越远。那个时候，其实天已经在不知不觉中全黑了。我要不是因为大灯颠掉了头朝下照着，不得不玩命追上拦下她，估计她能一口气跑到县城，没准还能跑过喽，呵呵。这夜盲症估计跑完这趟就痊愈了。上线以前就知道闫慧胆儿小（骑车的胆儿小是好事儿，至少她知道害怕啊），可你别以为她骑得慢，我在后面玩着命这通追，真怀疑这姑奶奶是不是根本不刹车，闭着眼睛狂给油来着。太牛了，哈。佩服，佩服！

故事三：团队里最爷们的女人（主人公：大海）

认识大海时间不长，但是第一面就有了相见恨晚的感觉。她平时不言不语，基本上都是保持微笑（有时感觉很温暖但是有时感觉笑里藏刀型）静静坐在角落里。照相机摄像机前面很难找到她，闪得比谁都快；即使照相也是帽子、面巾、墨镜的，整得跟恐怖分子似的，绝对的低调型。我有段时间甚至怀疑她是不是通缉犯啊，躲着镜头而且总感觉一股杀气。哈哈！原来人家以前练跆拳道的，我晕……记得她曾经送了我一句话，也算是一个小小的点拨：人活着，千万别太拿自己当事儿！我品味了很久，这话绝对精辟！她是团队里摩旅经验最丰富的一个了，我把她安排在了我们组的最后一个——收尾，同时也是连接下一组的关键位置。就是这个位置，今天可把大海累出了“高反”。路太烂，前前后后都是摔车的，她不停帮忙扶车。在这里插一句：在海拔四千多米的高山上扶起一辆摩托车可不是那么轻松的。你有机会到氧气稀薄的山口上溜达两步看看喘不喘，扶车？百分之百“高反”。如果有人摔车了，首先你要找安全的地方停稳车，下车，走向摔车地点……就这几个动作已经让你眼冒金星上气不接下气了。接着，询问伤势，电台报告摔车情况，然后1、2、3，起——！没起来还得再来一遍！一整天下来，大海都不记得自己到底扶过多少次车。陈娟娟中暑的时候她也是第一个冲过去的，后援队伍和镜头一到，她就闪人了。一路上她就像爷们儿一样照顾着大家。活生生的一个无名英雄！赞一个！

故事四：爽到死！（主人公：圆圆）

这是我认识N多年的姐们儿。京城著名女DJ。处女座，轻微强迫症加洁癖。经过了今天的炼狱般的骑行发现她也具备受虐狂的特质。除了音乐上的天赋还说着一嘴流利的英文。她父亲是个英文老师，所以她的英文水平基本上不是学出来的，而是积攒出来的。从小会说中文的时候就会英文了。我们之间聊天一般人听不懂，都是一堆自己发明的词儿。比如“丧est”，知道啥意思吗？最最丧的。丧+est就是丧的最高级！一路上她经常说的也是：fucking爽！记得在东达山口，我们所有人被困在烂泥里的时候，她还有个经典的发呆的镜头。经过一个多小时与泥水的奋战，姑娘们叹气的叹气，痛哭的痛哭。这家伙发完呆后，下车走向我狠呆呆地说：“靠，这才叫川藏线嘛！fucking爽！欧耶！”我当时差点儿笑到“高反”，心想：我知道她能吃苦，但是没想到这么能吃苦，简直一纯爷们，不，应该说是一糙老爷们，嘿嘿，受虐指数百分百啊！一整天的骑行，每次她从后面追上来帮我扶起摔倒的车，她都说：“摔车again啦？有完没完啊？how old are you啊！”（我们曾经开玩笑把这句话这样翻译成中文：how怎么，old老，are是，you你，怎么老是你！）……她这次来跑川藏线是我忽悠的，上线前两个礼拜刚刚拿的驾照，居然一路上狂照顾我这摔车手了。说实话很佩服她的勇气和毅力，估计她是这一天中骑得最最爽的一个了。这么一个强迫症+洁癖+受虐狂的女人，在川藏线上找到了真正的骑行摩托车的快乐！看来世上痛并快乐着的不止是爱情，还有摩旅……

故事五：海拔五千零八米的哭声（主人公：东华）

她是团队中最女人的一个。红酒品酒师，光听这职业就能想象得出来，悠扬的爵士乐伴随着烛光，东华穿着晚礼服，一手拿着红酒杯优雅地摇着杯中酒，另一只手不经意地捋着长发，半靠半倚在软软的大沙发上，两腿自然盘绕起来，美腿下踩着一双价格不菲的高跟鞋……而今天，这姑娘穿着厚重的骑行服，头盔差不多和肩膀一样宽，顶着风吹日晒加雨淋，满身是泥，骑着摩托车在颠簸的川藏线上玩命！确切地说，这闺女是被小九忽悠来的，知道这事儿的时候连摩托车都没坐过。上线以前摸过可数的几次车，据说那时候连开汽车上路还浑身紧张呢。川藏线的孩子对于她来说可能是此次行程最大的动力。争强好胜的她也决定来见识见识这传说中的“身在地狱，心在天堂”的川藏线。随着一天一天的海拔增高，路况变得越来越恶劣，除了女孩子的生理周期问题，再加上“高反”带来的情绪不稳定，让东华一上线就好似变了个人，那个通情达理、温文尔雅、小鸟依人的她顿时不复存在。这让团队所有人都大吃一惊，应了那句“人不可貌相”的话。与姐妹间的摩擦和道路的艰难让她在东达山冰冷泥泞的山口处再也按捺不住自己的悲伤，对着灰蒙蒙的雪山号啕大哭起来，恨不得把这几天的委屈一股脑倒在泥潭里。姐妹们抱着她安慰半天，还是停不下来。我看着她喘不上来气的样子很心疼，我知道此时此刻她心中一定在想：我到底在做什么？我为什么要受这么大的罪？其实在困境面前，人都会或多或少地质疑当初迈出第一步时的动机，也会重新衡量牺牲与获得之间的比值，就像投资与收益的关系一样，值与不值是能否继续走下去的关键性答案。

故事六：追你没商量（主人公：小妹）

团队中年纪最小、个头也最小的小妹（陆少妹）很讨人喜欢，大大的眼睛，说话的时候慢条斯理，还有点儿羞涩。从上线第三天起，小妹就和我一组，排在我后面的位置。她骑挂挡车时间并不长，我为了照顾她，让原本一直跟着我的圆圆排在了她后面。这段时间的烂路小妹已经慢慢适应了，最最搞笑的是，我从后视镜总也看不出来她是站着骑的还是坐着骑的，咋看都是一边高，个头太小了，新蜂翼在她手里看着都像公升车。由于她双脚够不着地，停车倒车是在所难免的。这孩子跟我车跟得很近。我们大家都一而再再而三告诉她离我远一点儿，留出适当的距离，她总也改不了，骑着骑着就越跟越紧。我作为头车是要给后面的车队报路况的，这是一种为后面的人扫清路上障碍的行为，但是遇到紧急情况的时候，我偶尔需要放慢速度或者停车，而小妹离我很近的时候是很危险的。在今天上午的一段烂路上，我终于被小妹成功追尾。事故发生的头几分钟，我还在台子里美滋滋说："弯道漂移，哈哈，没摔！"这回别美了，追尾了吧，乐极生悲呀哈哈。我就记得当时得意地撇着小弯儿，路过一个村子的时候看到路上黑乎乎一片，觉得不太妙，便来了个急刹车看个究竟。停下车后左手刚刚摸到手台的按钮，"后车注意……"几个字还没说出来，就感觉车有了小小的震动，然后"咔嚓"向旁边倒去。回头一看，小妹也倒了。据后面的圆圆形容，我们俩倒车倒得很技术，齐刷刷朝一边撂倒，跟事先说好了似的，很具备喜剧效果。打那以后，小妹就离我八丈远了，回头几个弯道都看不到她。这个小小的教训真是胜过千言万语啊。每次穿越过一段危险路段的时候，我都会回头看看小妹是否顺利通过。说实话，看到小妹这么个乖乖小小的弱不禁风的女孩一路上飞坡过河，很让我感动。她一天中摔了N多次，从来没有要求过上后援车休息，车头灯都摔掉了照样儿骑夜路。这孩子那股坚强劲儿，我佩服。（据事后统计，过东达山摔车最多的是李鹤和陆少妹。——笔者注）

故事七：玩车不玩命（主人公：大姐钱蕾）

团队里不管比她大的比她小的都叫她大姐，这让大姐很郁闷，呵呵。有时我们也叫她东南（网名）。从发型上就能感觉得出来大姐是个直脾气的豪爽之人。上线前曾经和大姐一起去过山东曲阜参加摩托节，发现大姐的酒量可不是一般二般的厉害，居然喝倒了山东大汉。她虽然喜欢摩托喜欢骑行，但是可能是因为年纪和阅历的缘故，她并没有我们对挑战烂路的那种激情，而是本着量力而行、玩车不玩命的原则。在她眼里，就一件事最重要：安全。由于身体和精神状况不佳，大姐没有参加在今天的骑行，这在现在看来确实是一个明智之举。也许是因为海拔引起的“高反”，她情绪一直都不太稳定。在北京的那个整天乐呵呵咋地都成的大姐突然变得爱发脾气和情绪激动。西藏的特别之处有很多，海拔高是其中之一。而海拔这个东东似乎可以无限放大人的情绪与感受，而女人又是个感情动物。无论你处在什么样的心情与情绪中，喜悦或是悲伤，紧张或是愤怒，淡定或是嫉妒，在海拔高的地方都能体会到比平时强烈10 倍的感受。而这些情绪在无限放大后显得是那么搞笑与不真实，甚至让人觉得自己都可以轻易从情绪中跳出来，慢慢体会观察情绪本身上演的闹剧。这种体验听起来好像有点儿精神分裂症的倾向。我，已经不是我了，而我在观察我……嘎嘎。

故事八：消失（主人公：九儿）

在组织策划这次活动之前我与小九李玥并不是很熟络。我刚刚开始跑比赛的时候就对她早有耳闻，她跑了有四五年公路摩托车全国赛，一直对汽摩赛事有着高涨的激情。当然，她摩托车驾驶技术绝对是一流的，没的挑。这孩子小我三岁，但是却一副总也长不大的样子和奶声奶气的娃娃音。有时真的让人怀疑她是否患有轻微解离症，呵呵。那天不记得是从翻越哪个山头以后，我们的大队伍就再也没见到跑在前面的小九。她手机没信号，手台也没了电。这可急坏了我们所有人。前几天的骑行她就有几次放单儿的时候，但是这次这么久没消息实在太吓人了。每逢看到路人，我都会问一下有没有见到过一个骑我们这种摩托车的女孩。看着几百米悬崖下湍急的江水和体力严重透支的姐妹们，我当时真是又急又气，心里一直念叨着，这丫头技术好，肯定没事儿，别瞎想……她是这个活动的发起人之一，也许是工作能力与经验的不足或是团队精神不够，我们大家都当她是妹妹，所以在尽力地帮助与照顾她。而这个经常丢三落四的小糊涂蛋这回把自己也给丢了。最后，我终于在一个修路工人嘴里打听到了她的下落，当时马上通知给后援队伍，让大家把心放肚子里。在晚上 10 点钟到达左贡后，我在检查站看到了小九的摩托车却没看见人……车进冲过来告诉我小九的下落时，我实在听不进去。那天我原本以为见到小九的那一刻会咆哮起来，但是当想起我们大家在五千多米的东达山口与泥泞搏斗的时候，她一个人想必更害怕，瞬间我的气就全消了。我能理解她前几天自己一个人跑路的心境。其实我也很想独自飞奔在神话般美丽的景致中，在自我的世界里感受着西藏的神圣。但是，我身后还有一支队伍。而今天我们所经历的困难与危险，她却要孤零零一个人面对，人安全到了，就足够了。（九儿事后解释：在翻东达山之前，遇上了 130 多辆军车过路，这段常年永远在修路的土路，被高大的军卡占领得严丝合缝，摩托车只能骑到坑洼的山脚边，倾斜停下等待。等了一个多小时后，她一路狂追往前赶，但电台因为电池不足失去联络，不知道车队由于陈娟娟中暑晕倒停下抢救，所以本该是押后的她跑过了头——到了最前面，直到左贡才和大家会合。——笔者注）

故事九：我不入地狱谁入地狱（主人公：我）

圆圆曾经说，队伍中的头车一定要有牺牲自己的精神。这让我想起了替人受灾的地藏菩萨——我不入地狱谁入地狱。就这一天我摔了 6 次车，长时间的骑行＋体力透支，烂路＋单手扶把，探路＋报路况，摔一次车就消耗掉很多体力与精力，就这么折腾一路，到后来，一停下车我就基本扶不住了，习惯性倒车。嘿嘿，车头的77号被我摔成了7号，连大灯都要用绳子绑着。摔在泥里两次，爬起来的时候简直一个兵马俑，泥巴干了就开始往下掉土块儿飞土烟儿，狼狈得很，呵呵。带队与自己骑行不太一样，在注意前方道路的同时还要不停看后视镜了解后车情况，除了在速度上要控制好，遇到危险时不能忽快忽慢，而且还要用最快的时间把危险清楚准确地报给后面的车手。你不能经常停车，所以没有时间停下来研究路线，一边骑行就要一边判断走哪里的路线通过，吓一跳是经常的。当然，摔车后要警告后面的车手注意并且让她们提前做好选择其他路线的准备。我摔了，就不能让后边的人再摔了。而我在危险路段的顺利通过也会让后面的姑娘增强信心，哪怕就一句，前方的水潭是安全的！低挡给油！也能鼓励她们勇敢地冲过去。闫慧在后来跑在前面一段时间，当她停下来后转过来对我说："奇奇，不做头车不知道是什么感受。我一直都是在接受别人提供的信息，现在我知道这是啥滋味了。这烂路自己骑就够紧张的，你还报路况！服了YOU。"其实当我听她说完这些话，我自己都不知道我是怎么做到的。看来有时人的潜力真的是可以无限挖掘。一天中摔了N多次车，我问小妹："我摔了这么多，你还敢跟着我呀?"小妹点点头："嗯，我就跟着你。"她对我的信任让我很感动。这N多个跟头摔得值得啦！（突然又想起了大海说的那句话：人活着别太拿自己当事儿……看来我又一不小心把自己当事儿了，嘿嘿。）这一天最危险的时刻是在东达山山口，几乎每个人都有了高原反应，除了体力透支再加上在泥泞中挣扎，那段下山的夜路想想确实后怕。在海拔这么高的山上到了晚上会冻死人的，饥寒交迫与高原反应，脑袋都开始慢反了，胳膊腿更是不听使唤，路还那么烂，天气也不作美，真是有点儿玩命的架势。别忘了，后援车上还有个病号儿呢。那天晚上10点多到达左贡，大队伍全程骑行下来的就剩下6个女孩：小妹、圆圆、大海、燕子、闫慧和我。这是让大家从普通朋友成为亲姐妹的一天，一路的艰辛与相互鼓励，让我们变得更团结，更坚强。从这一天起，我们已经是生死之交了。

李鹤以她一贯的幽默乐观语气将这天的故事调侃出来，实际上情况远没这么轻松，车队翻过东达山之后，故事也还没结束，更劲爆的还在后头。

姑娘们到达左贡已经是晚上快11点了。找到落脚的地方吃过晚饭，车手们回到自己房间，后援团队的男人们把所有能洗澡的房间都留给了姑娘们。今天东达山的艰险路境让这些大老爷们儿对这帮姑娘充满了敬意。五羊本田的法哥专门找到正要准备睡觉的李鹤说：“今天我们很佩服你们这些姑娘，很想给你们鞠个躬……”

李鹤赶紧说：“您千万别，不是三鞠躬加默哀三分钟吧？嘿嘿。”

送走法哥，雕哥又找上门来，李鹤以为他也是来“鞠躬”的，不想雕哥一脸严肃：“开会！必须开会！再累也要开会！”他神情严重，语气坚定地要求开会，必须开会！立即开会！

李鹤愣了，雕哥怎么忽然发飙了！开什么会啊？

人来了再说！雕哥的语气不容置疑。

于是累得半死不活的姑娘们来开会了。人到齐后，雕哥板着脸大声发问：“今天是怎么回事？到底谁为生命负责，谁？”

在一连串的责问当中，姑娘们知道了雕哥发飙的原因：今天的中暑事件，摔车事件，走失事件，“高反”事件，夜路狂奔事件，让雕哥心惊肉跳筋疲力尽。累不是主要原因，无组织无纪律不听指挥才是他不爽的原因。乱套了！这么大的一个团队，在一般的长途旅行中都难免遇到意外，更不用说川藏线了，路边时不时见到的汽车残骸就说明了一切。万一……谁负责？雕哥甚至已经闻到了死神的气息。他感到后怕。

沉默……

这还真是个问题，如果有个意外，谁负责？后援车吗？后援队伍中五羊本田公司和电视台的工作人员算是一次“出差”而已，有自己的任务。他们要在此次活动中各尽其责，做好自己本分的工作，协助新蜂女子车队顺利完成此次穿越与公益活动。从某种程度上讲，这些活动组织者还要照顾他们，为他们的安全负责。况且这些后援车上的男人们不止一次英雄救美，东达山山口是他们帮助车手们走出泥泞的。由于高原反应再加上推车扶车，一个个嘴唇已经青得发紫了。姑娘们与工作团队间的相互信任与尊敬从这一天升华到了最高点。你说要是谁出了事让他们负责，说不过去。雕哥吗？雕哥只是客串，纯帮忙的，是李鹤跪求来的。名义上是个顾问、指导、领队，但是好多时候大家不听他的。比如今天，各自为战，放羊了！不听话可以，可安全问题全要他负责。有这个道理吗？他负不了这个责，他要退出！

会议在沉闷中结束。

当天晚上，李鹤没有睡好，本来她担心的是女队员能否坚持到底，现在反而是雕哥要撂挑子，当然雕哥是事出有因。她想这事得尽快解决，否则这次川藏行就半途而废了。第二天休整一天。一起床，李鹤就嬉皮笑脸黏着雕哥，开始话痨：雕哥雕哥，你要退出，我也就退出。不过话说回来了，当初求雕哥来帮忙，就已经把你当成团队中的一分子。这个团队从上线那一天起就一个都不能少！至于责任问题，这个活动是我们几个姑娘自发组织策划的，拍摄团队与五羊本田是活动后期才进入的团队。当初谁牵头儿，谁负责。反正，一句话：团队里任何一个人在路上出了事儿，法律责任组织者谁也跑不了。

雕哥听这话受用，但仍是一脸严肃。李鹤明白，他心里是说，你是这么想，别人呢？别人的想法，李鹤也没谱，她解释：团队有10个女人，其中的大多数，是在筹备这个活动才刚刚认识的，彼此了解不是很多，各人成长背景和性格差异很大，当然就会有各种不顺眼与不服。但是无论大家来跑这趟线的目的是什么，姑娘们都在困难面前非常抱团儿。在团队活动中基本上也都能做到顾全大局。这几天情绪不稳定，和高原反应有关，还有和女人的生理周期有关，雕哥你知道女人是有生理周期的吧？是的是的，这个时候女人就不是人了……我的意思是说女人就变成另外一个人了……所以请你担当点儿。难道你真忍心把一群姑娘扔在高原上跑了吗？你真做得出吗？就算别人信，我也不信，打死都不信！

雕哥没吭声。这么一说，好像他挺不爷们儿的，一个大男人要当逃兵似的。雕哥咳了几声嗓子，语重心长地说，人在高原，要有组织纪律性，这很重要。

李鹤心中暗笑。雕哥肯定会留下了，现在的问题是要搞定姐妹们。

早饭后，按常规程序聚到一起开队会。队会内容用九儿的一句经典语句就是：展望与回顾。

这一回顾又回到昨天的话题：谁对生命负责？现在必须有一个说话顶事的真正负责的——决策者。谁？

当初活动的发起人是三个女孩，竹子、九儿和李鹤。竹子没来，李鹤行前退出了组织团队以普通车手和头车身份出现，就剩下了九儿一个队长。队长昨天又失联了。再出现这种问题怎么办？群龙……不，群凤无首，要出事的！

于是这个责任便落在了李鹤的肩上，你得当头儿，不仅是头车，而是整个车队管路线方向决策的头儿。

“我没有太多摩旅经验，以前也没有跑过川藏线……”李鹤感到不安，这个会本来是要大家增强组织纪律性，结果把事儿揽到自己身上来了，“如果我做出的某些决策和判断是错误的……”

“那么我们也会跟着你，不会责怪你！”陈娟娟突然打断了李鹤的话，“既然决定听你的，谁也别那么多废话！”

李鹤愣了一下，这个陈娟娟是个个性鲜明的家伙，前天路上发生的一件事让李鹤记忆犹新，当时她作为头车用对讲机对陈娟娟说了几句话，语气有些急躁，结果把陈娟娟惹火了。停车的时候，陈娟娟气呼呼地冲上来：“圆圆你出来！和我干一架！”

圆圆莫名其妙：“什么情况啊？”后来才知道原来陈娟娟弄混了，李鹤和圆圆都是北京人，她把奇奇的声音听成圆圆的了。“高反”啊，神志不清啊，张冠李戴啊。李鹤站在一旁幸灾乐祸，笑喷了。现在陈娟娟又蹦出来了，这回没认错人，反正就是你了，你负责。其他姑娘也附和。李鹤心里很感激姐妹们对自己的信任，这时候再推辞就矫情了。

李鹤确定了队长地位，雕哥也被正式命名为领队，班子重新整合，确认了全队纪律。一阵沉默，似乎没什么说的了，一切 OK。然而这只是战斗开始之前的沉寂，忽然——枪声响了，接着乒乒乓乓，内战爆发！骂声、哭声、嚷嚷声顿时响成一片。

关于这次冲突，车手们都不愿意详述，昨天在东达山大家都是生死之交，恨不得下一辈子还是好姐们儿，忽然就开骂，不大合情理，可是这就是女人。

李鹤在博客上是这样描述的：

虽然我也是女人，但是我对女人的恩恩怨怨叽叽歪歪就特别迟钝，嘿嘿。一说女人怎样怎样，我总觉得跟我没太大关系。可笑的是我曾经最怕的是小孩子，这回跑一趟西藏，孩子倒是不怕了，发现其实最最可怕的是女人，应该说是女人们，就是当女人和女人不得不在一起的时候，这是非就没完没了，一波未平，一波又起。十几天啊，没地儿躲，没地儿藏，低头不见，抬头见，今儿跟你好，明儿跟你打……都说女人是感情动物，经过川藏线上海拔的刺激，都快变成凶猛动物了。哈哈，真是要了亲命了。但是话说回来，我一路上的淡定也很让自己担心，甚至有时开始怀疑自己……不会是越来越不女人了吧？那不就是纯正男人婆吗？晕……看来是嫁不出去了。

其实这内战还真没什么大不了的，事情不是什么大事情，谁跟谁打，因为什么打，我也懒得说。站在谁的角度上都有理，都委屈。也许女人在男人面前总是被让着捧着都已经给惯坏了。（尤其摩托车圈子里的女孩子，这算是物以稀为贵吧。其实想想，我们不就是骑骑车嘛，有那么与众不同大惊小怪吗?）而团队里的女人绝对都是在男人堆儿里众星捧月级别的，一下子来到女人堆儿里，自然就很难适应。（还好，后援团队有 18 个男人，虚荣心还是能凑合得到满足，哈哈!）我觉得姑娘们当中有个心直口快的敢骂敢喊的也未必是件坏事，总比心里别扭着好。这么多人，自然有急性子的，有淡定的；有张扬的，有内敛的；有实在的，有耍心眼儿的……这不，几句话不对付，盘子碗在桌上叮叮当当摔，指着鼻子劈头盖脸骂，委屈得哇哇哭……其他的队员都问我怎么解决这烂摊子啊，我却淡定地说："没事儿，不用劝，不用评理，大家心里都有杆儿秤……放心，明儿就没事儿了。"

有哭有笑，有打有闹，有这群姑娘们，这一路上绝对不会无聊。个顶个的都是人精，可爱的时候像个天使，可怜的时候像个小猫，可气的时候……忍着吧，真是惹不起啊，呵呵。女人啊……

李鹤的描述是非常精确到位的。有趣的是，女人们这么一闹腾起来，本来一肚子气的雕哥手足无措了。这事弄的，好像都是为他翻脸的，赶紧哄这个，劝那个，成了众人的"知心大姐"，姑娘们也毫不客气地将自己一肚子的委屈和愤怒全倒给他。雕哥胸怀广阔海纳百川照单全收。李鹤很同情地看着苦命的雕哥，本来他是要发泄的，结果自己还是成了出气筒。给女人当领队不容易啊，当年洪常青是怎么过来的?!

"左贡会议"开得很及时，很火爆，很必要，解决了组织路线问题，有点儿类似红军长征时的"遵义会议"。

第二天清晨，太阳懒懒地从东方升起，空气湿漉漉的，一片安静祥和气氛。出发前，女车手们精神抖擞，满脸幸福地眺望雪山和太阳，然后互道早安，若无其事继续赶路了。昨天那阵狂风暴雨的内战就像从来没有发生过一样，一切恢复了原有的秩序。

李鹤回头望了一眼，当姑娘们跨上车的那一刻，团队的精气神儿又再现了！戴上头盔，李鹤偷偷地笑着，当初是因为摩托车走到一起的，看来还得坐在车上才能让姑娘们和平相处啊！原来这些姑奶奶们无法抗拒的居然是摩托车的魅力……

灵魂之旅

东达山让姑娘们惊魂，也让姑娘们经受住了磨炼。此后几天，新蜂女子车队奋勇一路前行，翻越海拔 4256 米业拉山，过 72 拐剪子弯，穿怒江，走林芝……于 2010 年 5 月 30 日顺利到达拉萨。

在拉萨城外，拉萨纵横机车俱乐部的朋友们等在那里，献上青稞酒和哈达，随后女车手们来到布达拉宫广场前，并按照赛车手领奖的规矩，喷了啤酒庆贺。

2000 多千米，12 个日夜，我们骑过来了，我们到了！姑娘们互相拥抱，不约而同唱起了《天路》："那是一条神奇的天路，把人间的温暖送到边疆，从此山不再高路不再漫长，各族儿女欢聚一堂……"

随后几天，女子车队到拉萨德吉孤儿院和彩泉特殊学校进行了救助金和物资的捐助，除了在北京义卖所得的 1600 元外，还有车手和工作人员捐款上万余元；物资包括书包、文具、书本、自发电手电筒和玩具等共计 6000 余件，其中有 500 余件来自北京地区车手们的捐助。

这次川藏线穿越对女车手们意味着什么呢？九儿在当天博客上写下了一番话，很有代表性。

半年的筹备，我们终于完成了川藏线上在三所学校和沿途孩子们中，传递爱心的使命，将物资递到孩子们的手中。在那一刻，你能感觉到的是一双手真正的温度。

我把灵魂丢在川藏线的雪域高原上了。无论勇敢还是倔强，我们都顺利达到了。每一个姑娘，都是好样的！姐妹们我爱你们，我终于明白了摩托车带给我什么！谢谢我们身后的18个小精悍。心灵里程清零！2010年，我感动过。

新蜂女子车队川藏慈善行圆满成功，在社会引起了强烈反响。ccTV5“赛车时代”、成都电视台“成都全接触”栏目、北京广播电台交通台、《成都晚报》、《华西都市报》、《摩托车》杂志、腾讯网、摩托吧、摩托迷、威风堂等众多电视媒体对她们非常关注，纷纷发出报道，为巾帼们鼓舞助威。

2010年9月17日，九儿收到一张来自日本神奈川县小田园市的明信片，一个叫坂本宏和的日本朋友用歪歪扭扭的汉字写道：“将爱心传递下去，被你们的英勇行为深深感动，看之后流出了眼泪……激发对摩托车的热情，这是Spirit……I love Chinese moto（我爱中国摩托）!”

新蜂女子车队的姑娘们，牛！

世上三件事

从西藏回来后，女车手们各奔西东，忙自己的事去了。

李鹤稍事休整，赶回珠海代表 S&S 车队参加6 月份 SSS 锦标赛。

比赛在淇澳岛金苹果赛车场进行。这次李鹤感觉非常好，计时赛跑进了前三。看来走过川藏线就是不一样，本来还想着 318 国道路上的大坑小坑呢，结果一下子来到这平平的赛道，简直就是飞呀，反差太强烈了，爽得不能再爽。如果正赛再这样发挥，肯定拿奖杯了。第二天正赛，李鹤摩拳擦掌地起了床，今天一定要拼出个山青水绿来。然而，吃过早饭忽然出了情况——“大姨妈”来了。李鹤蒙了，早不来晚不来，这叫什么事！不过也没办法，谁让你是女车手呢，比赛还是要上。萧国滔看她脸色不大好，问怎么了，李鹤摇摇头，没有回答，也没法回答。骑着摩托车上了发车线，她肚子疼得厉害，眼花心烦，满脑子都是卫生巾广告，裁判手中摇的小旗都和“苏菲弹力贴身极薄 0. 1”联系起来……你妹啊！李鹤骂骂咧咧冲上了赛道。

第一场比赛成绩还不错，从头至尾保持了第三。可第二场比赛就没那么幸运了，由于操作失误，让后车超了过去，落在了第四的位置。在最后一圈时，本来有一次很好的机会拼回，但由于体力透支和比赛经验不足，最终还是没拿到杯。这次比赛让李鹤感到做女人的悲哀，正来劲儿的时候，姨妈来了，整个赛场就她一个女孩，找谁诉苦去？老天爷不公啊，凭什么？

不过很快她就调整了心情，因为无论多愤怒，都无法改变这一切。

李鹤心思飘飘然，世上只有三件事：自己的事儿，别人的事儿和老天爷的事儿。我投胎做个女人，并且喜欢上了赛车，老天爷的事儿没法管，别人的事儿我不管，自己的事儿可以管。我不再抱怨老天爷的事儿，我接受，我认输，我屈服。既然是个女人就做个快乐的女人吧，把所有事当成一种体验，体验情绪变化，体验就是幸福。

这么一想，李鹤释然了，此后比赛不管成绩如何，管好自己的事儿才是王道。

在李鹤专注比赛的时候，新蜂车队的其他女选手也没闲着。

2010 年 8 月 20 日，应山东淄博“山城骑兵”车队的邀请，九儿组织了新蜂小分队大海、闫慧等 6 个人，单日骑行 550 千米到达淄博，一天后又骑回来。

9 月 11 日，九儿又带着闫慧和东华两个人到成都参加五羊本田快乐赛道体验活动，在川藏线上赌咒发誓以后再不碰摩托车的东华抵御不了诱惑，尝试赛道，刚开始上车根本找不到挡位，后来不仅学会了不用离合升挡，还竟然拿了个最佳新人奖。东华是彻底爱上摩托车了。

随后，九儿再接再厉，在没有后援的情况下独闯京蒙疆无人区，骑行 7 天后来到一个叫乌力吉的地方。

乌力吉是全世界人口密度最小的戈壁滩无人区。海拔不到 1000 米，地表温度很高，没一点儿水源，除了为数也不多的仙人掌外，没任何生命迹象，这和西藏是两个味道。

这次骑行最让九儿兴奋的是途中遇到了骆驼群。她以为是遇上了野骆驼，直叹自己好运气，骑着摩托车兴奋地在它们当中穿来穿去，吓得骆驼分散又聚拢。九儿拿出相机狂拍一气。

九儿玩得正高兴，不远处忽然窜出一个骑着摩托车、戴鸭舌帽的当地人，嘴里叽里呱啦着什么，九儿听不懂他的话，但看表情很愤怒。

“什么?”九儿问。

“骆驼！我的!”当地人骂骂咧咧。原来这是他家养的骆驼，他把九儿当成图谋不轨的强盗了。九儿赶快加足油门溜走。

这段时间燕子也在忙，从西藏回来后，她下决心要当赛车手，不时到金港赛道溜上几圈，为日后参加比赛做准备。

而大海呢，依然骑着大哈雷威风凛凛地四处巡游，披星戴月跑了趟上海，再去了一趟内蒙古的查干诺尔湖。和大都市的风情相比，她更喜欢内蒙古的白云和蓝天。

小妹在家小住几天后，去了深圳做生意，几个朋友开了家贸易公司，出口凉鞋到埃及。小妹要挣钱，玩摩托车开销大啊。

圆圆比较浪漫。她以前由于工作关系认识了一个德国外交官，两个人谈得十分投机。最近外交官要调到塞内加尔，她和洋男友商议着，看是不是跟着去非洲住住，如果可能，骑摩托车去？哇，骑着摩托车纵横非洲大草原，一想起这个，圆圆就激动得发抖。

每个人都很忙……

这年 10 月，李鹤请假回北京照看生病的父亲。父亲患癌症多年，病情时好时坏。在照看父亲期间，她看到电视上播放着一段广告：“探索频道”举办野外生存挑战赛活动，活动的地点在西双版纳勐腊热带雨林。诚邀勇敢者前来报名参加。

这期间正好没有赛事，李鹤准备放纵一下，体验一下什么叫“生存”。她很快报了名。

初试是在北京某广场上举行，测试项目分别是换轮胎、搭帐篷和攀岩，看谁动作熟练速度快。这正是李鹤的强项，赛车手换轮胎是家常便饭，攀岩她早就在野外真枪实弹干过，广场上那个模拟的崖壁太容易了，至于搭帐篷更是小菜一碟。很自然地，她从上千名竞争者中脱颖而出。

李鹤成了挑战者中的一员，和她在赛车队一样，队伍中只有她一个女的，其他人都是生猛壮汉。两天后，全队前往云南省西双版纳勐腊热带雨林。成员分为两个组，开始野外生存挑战。

第一天的活动是背着30多斤的行囊行走200多千米，走不动就被淘汰。李鹤随队出发，潮湿的密林中那些大蜘蛛和冰冷溪水中的蚂蝗让李鹤毛骨悚然，但好歹挺过去了。然而第二天挑战的项目让她瞠目结舌：活吃虫子。

每个选手面前放着一个竹筒，里面蠕动着几十条白色的竹虫，没吃完或最后吃完的人将被淘汰！

这也太变态了！竹虫有筷子粗细，寸把长，往好里说，像蚕宝宝，往坏里说，那就是蛆啊。

李鹤大致数了数自己竹筒里的虫子，50多条，怎么吃啊？这东西做熟了都未必敢吃。她壮胆摸了摸，软软凉凉的，还有一排发腻触脚，光看看就反胃了。

看看其他选手，也都愁眉苦脸看着。这场景让裁判很满意，幸灾乐祸地下达了开始的口令。

看看别人，一些选手小心地抓起一条竹虫，放进口里，顿时鼻子眼睛挤成一堆。李鹤犹豫了下，本想先试吃一个，不过很快就改变了主意，既然要吃，就来个干脆的，她拿起竹筒在桌子上重重地磕了磕，把乱爬的竹虫晃到一起，仰起头，眼睛一闭，一筒子倒进嘴里……

口腔里是光溜滑动的肉体，嚼还是囫囵吞下？正想着，竹虫已经急不可耐地向喉咙深处爬去，她一阵恶心，差点儿吐出来。旁边是一派作呕之声，谁都不好受啊。这是高蛋白，这是原生态，这是防癌良药……这么想着，李鹤的上下牙开始合拢，一股子腥味儿溢出，我嚼，我嚼嚼嚼！李鹤闭眼胡乱大快朵颐，很快，竹筒见底了，最后的几条虫子还在蠕动，她干脆全部塞到嘴里，由于吃得太快，竟塞牙了，虫子皮原来这么厚！

比赛结束后，好多人蹲在一旁狂吐，裁判对李鹤评价：“嘿！你吃虫就像吃方便面一样。”

李鹤过了吃虫关，但是没多久，她还是被淘汰了。淘汰的方式很特别，由每组队员自己投票选出一个来出局，剩下最后一个和另外那一组PK争夺总冠军。李鹤是唯一的女性，身板儿毕竟不能和大老爷们儿比，选她出局是为了照顾她，虽然她很不情愿接受这个照顾。离别时，她和队友们相约成立了“生吃竹虫帮”，以纪念这次野蛮的户外体验。

这次西双版纳的“野人”经历让李鹤记忆深刻，回到北京好长一段时间，她还觉得自己藏身于密林之中，周围是一片神秘的生灵，嘴巴里不时有虫子蠕动的感觉。有时她想，这些活虫子在被吞下去的时候应该还有生命吧，会不会在自己身体某处安家啊？或者就像美国科幻电影那样，某天自己成了“竹虫人”，有了一股奇异的、超自然的力量。关键是，以后骑车不怕摔，竹虫没骨头啊。

竹虫对李鹤骑摩托车有什么影响无法论证，但一条狗却盯上她了，或许是闻到了那股神秘的味道。而这条被李鹤命名为“李小乖”的狗，日后也成了赛车场上的另一道风景。

这是11月的一天夜晚，李鹤和圆圆开着车回家，停好车后上楼，刚进家门，忽然想到自己的手机落车里了，于是又跑到楼下拿手机。这时，不知从哪儿窜出的一只小狗跟上了她。小狗黄白相间的皮毛，瘦瘦的，耷拉着尾巴，楚楚可怜看着她。李鹤觉得这一定是别人遛狗时丢失的，于是刻意和它保持距离。可小狗却一路紧跟，直到李鹤开门进屋，小狗一扭身竟跑进去再不出来了。当时圆圆也在李鹤家，她兴奋地说："哈，哪儿来的小宝贝，跟上你啦！"

圆圆走到冰箱里找火腿肠，小狗立马跟过来，围着圆圆溜达了好几圈，最后坐下了，眼里全是渴望，看来它知道冰箱里有好东西。

圆圆惊奇："哎呀！你瞧，小不点儿好聪明，就这么等着也不抢食。"

李鹤露出怜爱之色："小肚子一定很饿了，那个鸡肉肠也给它吃吧。唉，它的主人现在一定很着急吧。"

第二天，李鹤问楼下保安，保安说他们认识这只狗，并把主人的住所告诉了李鹤。李鹤当即找上门去，可家里没人，于是她留下纸条，结果一天后的晚上，一个女的来电话了，对方说这不是他们的狗，他们没养狗。

这就奇怪了，保安说是她家的狗，而对方却不承认。就在通话的时候，小狗一直待在李鹤脚边，它睁着圆溜溜的眼睛看李鹤，眼里充满不安。

挂上电话，狗狗一直很哀怨，它轻声哼哼，李鹤走到哪儿它就跟到哪儿，生怕跟丢了。李鹤注视着它，觉得这个小狗的出现似有天意，如果手机不落在车里，就不会下楼去拿，不去拿就碰不上这狗。这狗为什么死跟着自己，总有它的道理。动物是有灵性的。李鹤摸着它的小脑袋说："哎，你以后跟着我吧。小乖，你叫李小乖，现在。"

当晚李鹤给李小乖洗澡、修毛、喂食。小乖特别听话，一直深情地看李鹤脸色，眼睛水汪汪的。

此后，小乖成了李鹤的陪伴，不分昼夜地陪在她身边，就是李鹤上厕所它也会蹲在门外守候。

闲暇时，李鹤当起了驯狗师，一块肉骨头就能让小乖学会很多技能。

“小乖，姐姐在写东西，你坐在这儿不要乱动啊！”

“李小乖，盘子要舔干净，不准剩饭，不能浪费食物。”

“上厕所要去卫生间，不能乱尿尿啊！”

“小乖，握手……好，真乖，右手也握握……”

小乖特聪明，李鹤讲话时它非常专注，小耳朵动来动去，眼珠子也在转，好像真能听懂人话似的。李鹤边说边笑，摸着它柔软的脖子，一脸幸福：“小乖，你说你是狗狗还是人呢？表情怎么和小大人一样？你个小机灵鬼，快吃吧，这块肉肉是给你的奖励……”

小乖很懂事，几乎没犯过错误，但只有一回，它厕所上错了地方，客厅里留下了几块“黄金”。李鹤严厉地批评了它，这时，小乖就把脸转过去不敢看她，脑袋埋得很低，全身缩进沙发一角，可怜兮兮的。这让李鹤心软了，唉，你这德性！

可这次之后，小乖还真没有再犯错。

有了李小乖以后，李鹤不再孤单，开车出门，副驾座上总会有小乖，车窗打开，它会把脑袋伸出去吹风。如果住酒店，李鹤会把它放进旅行袋里带进酒店，晚上它保证一声不吭。去参加比赛，小乖也会随行，李鹤上场它就在P房等着，或者在捷达车里恭候。当李鹤在赛道上飞驰的时候，李小乖会发出亢奋的声音进行鼓励。鉴于李小乖对摩托车比赛的热爱，李鹤专门给它配了一套风衣和风镜。

王艳看到戴着头盔的李鹤和戴着风镜的李小乖，认为这是“非常温情、非常和谐的画面”，“以一种人性的光辉载入赛车史册”。王艳是理科生，善于把看似简单的事物总结出理论的高度。

2011 年 5 月，李鹤到三水参加全锦赛，这次比赛，只有她一个女选手参加，自然引起了媒体的注意。在赛前培训课上，记者采访李鹤，发现她身边有一只狗，像模像样坐在椅子上，身上还挂着参赛证。当然，这证是李鹤的。记者很惊奇，女赛车手很少见，带着狗来参赛的女赛车手更少见。李鹤对记者隆重地介绍了李小乖，说李小乖是自己的吉祥物。

随后，女赛车手李鹤和她的狗的视频出现在各大摩托网站上。

这引起了热议，有人认为不大严肃，更多的人认为有趣温馨。不过有一点倒是一致认同，女赛车手和男赛车手一个重大区别就是：女赛车手除了比赛，还讲究情调。

李鹤听了这些话补充：除了情调，还讲究开心快乐。

吉祥物李小乖确实给李鹤带来了吉祥，2011 年李鹤作为 S&S 车队选手参赛，年度排名第九。一个女选手，一个才入行两年的菜鸟，这已是很赞的成绩。

有车，有狗，有比赛，李鹤过得潇洒自在。

但是，这种好日子很快结束了。命运往往很怪咖，在前面李鹤总结的人生三件事中，还有一件“别人的事”，别人的事儿即便你不想管，也不能不管。

新蜂女子车队川藏行的成功，让车队一夜成名，许多热爱摩托车的女孩慕名而至，她们找到李鹤，要求加入新蜂，这里有小有成就的赛车手，也有类似东华的那种菜鸟。但同时问题来了，这些女孩来了怎么办？

新蜂车队目前是个松散组织，活动完了就各回各家，各找各妈。川藏行可遇不可求，新车手怎么训练？北京金港赛车道训练费用一天上千元，哪来的经费？还有，新来的车手要参加全国正规比赛，怎么报名？

代表谁？新蜂不是摩协注册的车队，参赛只能代表个人，或者被别的车队看上加入进去，那你们新蜂怎么回事？不是声称是热爱摩托车女孩的家吗？不是喜爱摩托车运动女孩发展的平台吗？

要解决这个问题，新蜂车队就必须成为职业车队，需要在摩协注册，而注册需要满足一系列条件：训练场地、摩托车、教练、维修技师和固定的车手。而这一切的前提是——钱。

李鹤发愁了。

在新蜂女子车队三个发起人中，竹子是做音乐的，兴趣不在这儿。九儿兴趣在这儿，但她有自己的工作，精力有限，再说也没这么多钱。李鹤有兴趣，有精力，问题是也没钱，怎么办？

破 釜 沉 舟

李鹤没有钱，但是……她有一套自己的住房——东四环东风北桥附近的100多平方米的房子。

苦思冥想几天后，李鹤为自己突然冒出来的想法吓住了：住房抵押贷款？然后自己当车队老板兼车手？

是不是太疯狂了？用房子抵押办车队，赚的了钱吗？一旦还不了利息，住房将会被银行收走。

摩托车比赛是一个很烧钱的运动，拼的就是财力。道理很简单，钱多就可以买好车，钱多就可以网罗高手。目前国内只有两家摩托车队是官办：一是新疆的车队，另一个是云南的越野车队，均为体委领导，队员享受国家职工编制，每月拿工资，比赛有奖金。其余的十多支队伍大都由各企业赞助组建，一年几个分站比赛下来，花个几十上百万是常事，车队如果没有雄厚的财力，很难为继。另外，如果真成立了女子职业摩托车队，每年参加全锦赛，情况会如何？在男人称雄的赛场这帮姑娘就是被围剿的，钱用完了，再输个灰头土脸，干吗哪？脑子进水了？

不利因素很多，但李鹤还是经受不住诱惑：她太爱摩托车了，她不能看着新蜂女子车队有名无实。新蜂车队就是她的孩子，现在这孩子缺奶，她这个妈不能无动于衷。

李鹤到银行咨询，银行为她的房子进行了评估：可贷207万元。分期支付。

这个钱紧了点，但是还够用。

干，还是不干？

2012年年初的一天晚上，李鹤回到北京南站开阳桥附近父母家中，将自己的想法和盘托出。不出所料，爸妈坚决反对，尤其是父亲，十分愤怒，理由很简单：这房子是你的婚房，自己玩车就算了，还搞车队？能赚钱吗？一旦还不了钱，房子就会被收走，到那时你睡大街去呀？脑残啊？疯了！

争吵很激烈，大家都不退让，最后李鹤夺门而出。她驾驶着“捷达君”在街上飞驰，一路上愤愤不平：我干什么你们都不同意，你们就是看不惯我！

这晚李鹤失眠了，她想了一夜，第二天买了飞往珠海的机票，她要听听师傅的意见。

在珠海训练基地，李鹤将自己的想法告诉了萧国滔。

萧国滔盯着她，半天没有说话。萧国滔2009年就被诊断出喉癌，李鹤联系到北京的一家医院给做了手术，脖子上围了一圈护理，发声困难，表达意思是比画加写字。萧国滔比画起来，不赞成李鹤自掏腰包办车队。2012年CRRC改制，没有了统一车型，全部车辆都由车队或个人自备，这是一大笔开支。再加上其他维修、零件、人工、训练场地、吃住行等费用，你那点儿钱能撑多久？弄不好鸡飞蛋打。他自己深有体会，赛车是赚不了钱的，起码目前在中国是这样。车手就算拿个年度冠军，也就是几千块奖金。所以，不少车手平常都兼职搞个什么生意，车队老板更挣不到钱，玩摩托车纯粹就是热爱，中邪了。

李鹤也知道自己有些不自量力，不过她认为自己是新蜂的发起人之一，有这份责任，不但要管自己的事，也要管别人的事。所以，她想搏一把，至于以后怎么地，去他个妹，干了再说。

见李鹤主意已定，萧国滔说："那么，你要我怎么帮你？"

李鹤太需要帮助了，她说出了如下的打算：新赛车买不起，所以只能租车，既然要租车，租别人的不如租师傅您的；至于训练场地、维修技师、教练都是现成的——就是你们嘛，完全可以和 S&S 共用。哦，还有参赛期间的 P 房，也一起用，省得麻烦。当然，这一切新蜂要付钱，多少是不是好商量啊？总之你仍然是我师傅，分队不分家，S&S 和新蜂是兄妹车队，战略合作伙伴，互相帮助、互相促进、互相学习——主要是新蜂小女子向大哥学习，借用那句老套的话：扶上马，送一程！

萧国滔笑，借鸡下蛋，虽是无奈之举，也说明李鹤精明，而这精明，是一个老板经理必须具备的。

有了师傅的支持，李鹤下了决心，不管父母怎么说，反正房本儿是自己的名字，她有权处置。很快，贷款获得批准。

新蜂女子车队摩托车队正式在摩协注册了。这是中国第一支女子职业摩托车队，龚红果对李鹤大开绿灯，她知道这很不容易。开门容易上路难啊，她现在最担心的是李鹤能撑多久。

撑多久的关键在于后续资金，而后续资金的来源在于企业商家的进入，要引起他们的兴趣就要看你车队知名度和媒体的曝光率，而这一切的前提是——成绩。

萧国滔对李鹤说："硬件什么的都可以帮忙，但是人——赛车手，你必须自己搞定。既然要参加比赛，就有个输赢竞争，总不能次次比赛都去打酱油吧？不要指望你们是女的那些男车手就让着你，有你们在，那些小子们恐怕跑起来都跟疯了似的，输给姑娘他丢不起面儿。如果指望有商家看上你们，就必须拿出成绩，没人给失败者赞助的，成绩就是生死线。”

李鹤明白师傅的意思，2012 年度全部的四个分站赛，第一个广东三水分站赛 5 月就要开锣，新蜂女子车队以什么样的形象亮相很重要，现在急需优秀赛车手。

川藏行十姐妹中，九儿和小妹是跑过比赛的，成绩还不错，但加上自己也才 3 个人，势单力薄。大海骑行经验可以，但没跑过比赛，需从头训练；燕子（王艳）倒是准备跑赛道，从西藏回来，她就在北京金港赛道上训练，然而不巧的是这妞儿在 2010 年 10 月一次跑山中摔伤了，现正在康复中。

燕子听说李鹤缺人，表态说，如果需要，我就上。

燕子的勇气让人钦佩，问题是：这只小燕子功力恢复了几成？

燕子折翅

燕子是和车友们去房山跑山时摔的，当时她在拐一个陡峭的弯道时不慎冲出山道，如果不是隔离墩挡着，差一点儿就落崖，十分危险。

当晚，燕子被送往304医院。经诊断，左腿股骨干和左臂桡骨骨折，医院马上对其进行了必要的牵引固定，等待过几天手术。李鹤和圆圆闻讯赶来了，查看了情况后，决定留下来为她陪夜。车手摔伤是常事，但像燕子这般手脚都骨折的，算是严重的。李鹤担心会残了。燕子的父母也来了，他们并不知道女儿是骑摩托车摔伤的。燕子受伤后，要求大家不要告诉父母车祸的真相。家里本来就反对她骑摩托车，这一下可好，不听老人言，吃亏在眼前。大家统一口径：就说是走在路上被一辆拉煤货车撞的。那肇事的货车没牌照，跑了。燕子父母或许已经意识到事情没那么简单，不过目前这种情况，他们没有责备，只有好言安慰——没把小命丢了就不错。

第五天，燕子被推进手术室，那是个心惊胆战的过程，光从病床转移到手术床就是个大工程。

受伤后，燕子最怕别人动牵引秤砣，只要有人把秤砣提起来，她就能明显感觉到断骨又立即回到以前的位置。当老爸试图把她的腿从床上抬起来的时候，腿疼让她失去了理智，她撕心裂肺地大喊：“你们滚开，离我远点！别碰我！”

这一叫，让所有人都松手，大家后退一步静看她发脾气，燕子的眼泪也不争气地往下掉。过了好一会儿，父亲小声地说："不行啊，得做手术啊。"

话音刚落，几个人赶紧聚拢过来，有人抬膝盖，有人抬屁股，有人抬上半身，大家不顾燕子的尖叫，硬是把她挪到手术床上。

手术十分漫长，从下午 4 点进去到夜里 12 点才出来，整整 8 个小时。手术很成功。

主治医生姓朱，一个戴着眼镜胖胖的中年人。他对燕子说："手术只占恢复功能的 40% 到 50%，术后训练非常重要。你的肌肉纤维非常好，只有运动员和常从事体育运动的人才会这样。但一定要增强训练，尽快把腿弯成 90 度。肌肉是分层的，如果恢复不好造成肌肉粘连，我们还要对你进行把肌肉剥离开的二次手术。"

医生的话让燕子感到恐怖，"把肌肉剥离"，额滴娘，自己就是一只随时待宰的羔羊啊。

燕子试试自己的腿，根本不听使唤，从屁股到膝盖都是麻的，膝盖像皮球一样硬，想把腿弯曲 90 度简直就是做梦啊！

术后三天，她还是无法自己坐起来。

为了防止肌肉萎缩和关节僵直，医生给她确定了锻炼标准：每天 400 次抬腿（平躺直腿向上抬到 90 度），400 次勾腿，400 次侧抬，3 度至 5 度的弯腿，3 度至 5 度的弯手腕。但燕子做 200 次，就累得趴床上睡着了。

数周后，经不懈努力，燕子的腿终于能弯到 80 度了，她开心极了。她托人把自己的头盔拿来，然后戴着头盔坐着轮椅车到处找医生护士合影留念。护士看她这样子有些嚣张啊，这意思是伤好后还要重操旧业啊。

“出院后你怎么打算？还骑吗？”护士问。

“当然了！必需的！”

护士有些不可思议：“听我一句劝，以后你别骑车了，把车卖掉吧！如果你还要坚持，再受伤可不是闹着玩的，你是一个伤不起的人！”

燕子回答：“你说得对，我的确伤不起了，但我既然选择了这项运动，就要有承担风险的勇气。我既然受伤了，就要努力锻炼，日后好好保护自己。人生嘛，总要经历各种事情，关键看怎样面对现在和未来。”

二十多天后，燕子即将出院，朱医生来检查伤口，准备拆线。燕子试探：“我伤恢复得怎么样？”

医生不苟言笑：“还行。”

“是我身体素质好吧？

“还行。你皮了吧唧的。”

“可我怎么觉得伤口痒痒？”

“痒痒就挠挠。”

“特别痒痒。”

“特别痒痒就特别挠挠。”

燕子觉得和这位医生对话太逗了，换了话题：“拆线疼还是拆钉疼？”

“拆线疼。”

“嗯？怎么一点儿都不疼哎……”

“一会儿我就让你疼！”

燕子对这位朱医生服了。

出院的时候，燕子对朱医生说：“谢谢你，我会想你的。”

“我不想你，赶紧走吧！最好不要再回来。”

酷啊，医生说话总是这么酷。后来才知道，这位朱医生以前也是玩摩托车的，后来摔断了手臂，就此从良。

出院以后，燕子静心疗伤，没多久，架着拐出门溜达了：逛商场，逛建材城，吃快餐，还开着车参加新蜂车队的聚会。腿能弯成 90 度的好处就是能开车，看着她偏偏倒倒地从轿车里钻进钻出，姐妹们都傻了。

现在的问题是，还玩不玩摩托车，还跑不跑赛道？口头上的豪言壮语可以随便说，但真正要骑车是另一回事。身体的伤害，心灵的重创，家人的反对，朋友的劝诫，让燕子很是纠结。不玩了，可极限骑行的那种乐趣魂牵梦绕，日夜折磨着她；继续玩，如果再受伤了怎么办？如果家人知道了怎么办？思考了两周，燕子终于下定决心，随自己心走，她离不开摩托车。随后，她买下觊觎已久的 Triumph Daytona 675。这是她的第三辆摩托车。接着，将车做基本的改装：换赛道板，调避震，升高脚踏，改反挡；又添置装备：皮衣，靴子，手套，汗衣，背板。2011 年 9 月和 10 月，她分别到北京金港赛车场和西安渭水园赛车场参加了专业训练。久违的赛道让她很兴奋，但跑的速度不理想，也不敢放开跑。她承认心理上还有阴影，由于做的是左腿股骨干连接修复手术，左腿里还留着两个不锈钢内固定件，腿上和手腕上留着大大小小的钢钉。不过，燕子认为自己是可以过心理这一关的。“你的伤疤就像战士盔甲上的弹孔，将成为你的骄傲。”这是九儿看望她时说的一句颇有诗意的话。骄傲不骄傲另说，当个战士她可以做到。

现在，这个女版金刚狼跃跃欲试。李鹤觉得燕子勇气可嘉，但要去跑比赛，还需谨慎。即便上场，也只能作为一种体验，不能期望过高。

现在还须找三个熟手，而且还得具备和爷们儿较劲的实力。说白了，就是这三个妞儿不仅能骑摩托车，还必须是能在赛场上拼杀的高手。

不能仅限于川藏行的选手了，需要大数据，需要放开眼光。李鹤广开门路，四处搜寻，没想到这一寻还真寻到了宝贝。

三个女将闪耀登场。

三个猛女

这三位新人不一般，她们来自两岸三地：南宁、台湾、香港。

南宁的叫陈丹丹，人称小魔女大丹丹，1991 年出生，父亲在甘蔗研究所工作，母亲做生意。这位 90 后长得圆脸大眼，身高 166 厘米，体重 50 公斤，在广西女孩中身材偏高，说话总是嗲嗲的，懒懒的，笑嘻嘻的，让人感觉什么事都不在乎。为什么叫大丹丹而不是小丹丹，说不清，反正朋友们都这么叫她，可能和“大胆”有些关联吧。

“大胆”的典型体现就是这女孩没有女孩的样子，上学时整天嘻嘻哈哈，不爱学习，一看到书就头晕，而滑板、篮球、足球才是她的最爱。家里对她相当宽松，不仅容忍她的疯魔，父亲还教会她弹吉他，说是学会这个帅哥就不会小看你。2008 年，她在广西咖啡可乐街舞俱乐部跟一群帅哥学街舞（Breaking），后在“51 乐巢”表演。那时她对街舞很痴迷，认为后半辈子就和街舞为生了，在胳膊上刺了一行英语文身，翻译过来就是“就这样你把我谋杀”。

学舞后，她常和舞友们在天台跳舞喝酒，玩得很嗨。那时的她梳几股日韩小辫，辫子里穿插着绿丝带，上身穿小黑背心，外搭彩色外套，下身穿铅笔裤配双很酷的运动鞋，很时尚。除了表演，她还去俱乐部当兼职街舞老师，开始自己赚钱。

2009 年，大丹丹开始玩摩托车，这和李鹤接触摩托车是同一年，只不过两个人的原因不同，大丹丹玩摩托车是因为一次偶遇。

这天傍晚，她应邀去参加闺蜜的生日。在十字路口街角处，两辆极漂亮的摩托车引起了她的注意。

路边一对男女各骑一辆车，看起来应该是情侣。女孩身材健美、衣着时尚，头戴蓝色头盔，骑一辆宝蓝色的摩托车。流线型的车身和绚丽的色彩十分惹眼。她男友戴黑色头盔，穿深紫色皮衣，背着背包，骑一辆宽大的黑色摩托，超酷。

大丹丹不由看呆了，小心脏猛烈跳动起来，这……这也太帅了吧！

犹豫了好一会她终于走上前去。经一阵短暂的交谈后得知，原来他们是一对新婚夫妻。男生摘下头盔，一脸幸福地说："我以前是编舞老师，她是公司白领，是共同的爱好让我们走到了一起。她不要房子、车子、钻戒，甚至连一场婚礼都没有要求过，而我要给她的，是一场特别的旅行。我记得求婚的时候，我对她说："跟我走吧，去世界的每一个角落！"她说："我想陪着你去任何你想去的地方。"说到这儿，女孩不好意思地笑了。

在大丹丹羡慕的目光中，女孩介绍道："我们从四川出发，开始了长达 80 天的旅行，途经云南、老挝、泰国、柬埔寨、缅甸等 100 多个城镇，6 次穿越边境，这近万公里全是开着它呼啸而过的。"

此时，绿灯亮了，他们又将远行。大丹丹立刻送上祝福，女孩也回报了一个温暖的拥抱。

送走了这对旅人，大丹丹的心再也无法平静，她觉得自己终于找到了她的最爱——摩托车。

大丹丹把想学车的想法告诉了闺蜜，闺蜜尖叫一声，说："你早说呀，我一姐们儿就是开摩托的，改天让她教你啊！”很快，大丹丹和那位姐们儿见面了。这妞儿以前是开四轮车的，现在玩摩托了。她热情地指导大丹丹上路后应怎样驾驶，路线怎么走，要注意哪些问题。

由于天生车感好，没多久大丹丹就掌握了驾驶摩托车的全部技巧，随后，她买了辆踏板。半年后就开得相当溜了。

这期间她和车友们一起去郊外骑车成了她最喜欢的娱乐方式。那时大家没有专业的赛车服和靴子，只能穿简易的分体衣和球鞋，但即便如此，大家依旧很高兴。

摩托车不仅让大丹丹开心，还有一种温暖和感动，那是她和大家一起骑行去偏远学校送爱心时所体会到的。看着孩子们抱着书本时的欢乐模样，大丹丹很有感触，原来摩托车可以改变很多人的生活。

当然，如果仅仅满足一点小温暖小感动，那就不是大丹丹了。让大丹丹感到最嗨的事还是在赛道上。每周五晚，这个城市的郊外就成了战场，往往有几十上百人齐聚。各种踏板、电动车挤满了大道，大家模仿正规比赛一溜排开，一个美女挥旗大喊，开始！接着大家就冲出去。这种电影里常见的飙车镜头，瞬间变成了最真实景象，真令人热血沸腾。

在近百辆摩托车的混战比拼中，大丹丹那辆绿色踏板车往往脱颖而出，屡拔头筹。

年底，大丹丹参加第四届“机场杯”YAMAHA RS100 原装组比赛，获亚军。

2010 年年初，广西电视台“立马”电动车飞越黄河海选广西壮族自治区比赛开始甄选，大丹丹报名参加，几轮过后，她力拼南宁响尾龙俱乐部的人气女车手小妖龙周芸，得了最佳形象奖。

此后，大丹丹越战越勇，在全国总决赛获冠军。

2010 年 9 月 25 日，由中国山西（吉县）黄河壶口文化艺术节组委会主办，立马车业集团有限公司承办的“激情飞越动力无限”——“立马”电动车黄河壶口瀑布飞越表演中，大丹丹惊世一跃，以 18.3 米的成绩获吉尼斯电动车飞越最远纪录，同时获飞越黄河海选广西壮族自治区最佳形象奖。这下，她成了南宁市赫赫有名的人物，当时的《南宁晚报》登出了“挑战冠军王，飞越黄河女车手，90 后美眉备受关注”的大板块消息。大丹丹火了。网友纷纷曝帖：这小妮子不简单，暴强的 90 后啊！可爱的魔女一定要顶！很美、很猛！顶一下！

一个网友专门为她写了一首诗：

大丹丹，大胆胆！
夜晚虹彩绚烂，1314 南宁桥，浪漫不真实！
闪亮的南宁，星光熠动，散发着异样的气息。
听——疾驰的马达声从黑暗袭来，
见——绿色装甲的影子划过眼前。
这不真实的浪漫，
顷刻间变成了真实的强势！
大丹丹，我们爱你咯！

接着，受人爱戴的大丹丹再接再厉，参加了第十一届“上海天马论驾”比赛，获 150B 组第 12 名。

2010 年 11 月，她赴澳门参加由澳门特区政府举办的摩托车大赛

［中国——澳门汽车总会（电单车锦标赛）125/180cc 自动波电单车比赛］，同时加入澳门德安车队，在电单车比赛获冠军。

大丹丹的优异表现引起了厂家注意。2010 年年底，她加入了法斯特车队，成为职业赛车手。2011 年 1 月 3 日，她在三水赛场公开赛中获第六名，2011 年 4 月 10 日在 150cc 初级组获第七名；2011 年参加第十三届天马论驾，同时参加金港 S－GP 超级绵羊 210cc 组，获亚军。

大丹丹虽被法斯特车队招入麾下，但她属于另类车手，天赋高，爱赛车，但性情随意，不刻苦，又贪玩，常和教练斗智斗勇，教她的教练头都大了。而大丹丹认为教练也不是善茬儿，整天在寻思“拿什么来整死你们，我的徒儿”。

有一个故事，很能反映大丹丹的性格。

这天早晨，大家都起来训练了，可大丹丹仍在睡觉，昨天训练量很大，累死喵了！

这时敲门声响起，教练喊上了：“陈小姐！陈丹丹！起床！”

大丹丹一惊，懒懒答道：“哦，10 分钟啦……”她爬起来，瞬间又钻回被窝：“好冻啊。我失恋，不想起身……”

“不行！快快快！成日一大堆借口，以后比赛咋办……”教练提高嗓门。

“我，得啦，等阵先啦……”大丹丹仍是不起。

“砰”的一声，门被推开，教练怒不可遏地冲进来，要掀被子。大丹丹惊叫着即刻弹起身。

“去个卫生间先！”她用被子裹着身子冲进卫生间。教练没吭声，去卫生间还是允许的。

大丹丹在卫生间里不紧不慢地刷牙，洗面，涂脸，她料定教练不敢砸卫生间的门。出来之后，大丹丹见教练似个红面关公，眼珠子都快瞪出来啦。

“教练，喝酒啦?”她关切地问。

教练瞪着她。

“教练……这么早做什么啊?”大丹丹不再过问酒的事，装傻。

“训练啊！快点做俯卧撑!”

“我不知道怎么做啊，嘻嘻，我只能做两个。干脆我跑步算了。”说着就往外跑。

教练拦住她：“你会去跑步？等阵又不知跑哪玩了，不行。快点儿做!”

于是大丹丹弯下身，手撑住地，毛毛虫一样做俯卧撑，嘴里数着：“一个……两个……三……”第三个没做完就趴地下了。

教练瞪她：“不行，继续做!”

大丹丹卖萌：“我去换鞋，穿拖鞋不方便啊……”

她慢悠悠地换了双棉拖鞋，又做俯卧撑：“一个，两个，三个，四个……”

“停停停！你做什么啊，似个拱屎虫!”

“我都说我不知道怎么做啊，你示范给我看啊……”

教练看看她，双手撑地，很标准地做了几个俯卧撑。

大丹丹点点头：“哦，这样……你等下，我再去换双鞋……棉拖鞋不方便。”大丹丹又慢悠悠地换了双球鞋，又做俯卧撑。这回做了一个就趴下了，她哈哈喘着气：“换鞋也很辛苦的，没体力了。”

教练抓狂了：“死靓妹！你玩我，搞什么啊，做俯卧撑不到十个就换了三双鞋！我怎么会有这么个蠢懒徒弟？呕血啊!”

“我也不想这样，我都说我不会俯卧撑咯……”大丹丹委屈嘟哝，

“……哪……重新开始，你帮我数……”

教练忍了下，只好重新开始：“一个……两……”

两个没数完，大丹丹忽然趴在地上大笑：“哈哈哈哈哈哈哈哈哈哈哈……哈哈哈哈哈哈……我无力啦……”

“笑笑笑笑个鬼，有什么好笑啊?!”

大丹丹坐起来：“师傅师傅，我想去饮水，喉咙冒烟……真是不该笑啊……饮水润润……”

教练简直要跳楼了。“算啦算啦……不用你做啦。你看看你肚子上的肉，成肥婆了！车都被你压坏了，趴都趴不下去，我看你怎么开车！你再不减肥，我就拿菜刀割掉你的肉!”教练说完骂骂咧咧而去。

不过大丹丹在车队过得很开心，因为大家都知道这女孩贪玩，跟她不较真。

2011 年 8 月，大丹丹在网上看到新蜂女子车队招募穿越丝绸之路车手，她报名参加了。这次骑行自嘉峪关起，经敦煌、哈密、鄯善、吐鲁番、库尔勒、塔中、民丰、和田、叶城，最终到达喀什，4600 千米。大丹丹一路抖擞精神，奋勇向前，顺利到达目的地。这位爱睡懒觉的姑娘知道什么时候该怎么表现。

李鹤由于自己的一些事，没有参加这次新蜂女子车队新疆穿越行。在了解大丹丹的经历后，她认为此女很有潜质，将这个古灵精怪的小妮子招入麾下。

另一个被李鹤看上的女车手是李睿纭，台湾美女。

李睿纭（英文名 Vita）在台湾地区机车界颇有名气。同另外一名台湾女车手刘君眉相比，她出道稍晚，刘君眉 2003 年就到大陆参加 CRRC 比赛了，而李睿纭 2008 年才开始参加台湾的机车比赛。

李睿纭玩摩托车有些偶然，按她的话叫“有些搞笑”。

小学时候，她喜欢运动，各种运动她都想尝试，最喜欢的就是体育课。

临毕业时，学校组织两人一组的做菜比赛，李睿纭做了一盘彩色油饭，意外获冠军。此后，她被保送到中学观光科（旅游服务）专业。

进校后，她的运动天赋更加凸显，加入校曲棍球女子队，还代表台湾去澳洲地区比赛，取得不错成绩。高中时她忽然想玩漂流，但此项目只有体育班才能参加，由于当时人员太满不能进入，李睿纭只能作罢。毕业后，她考上了南投县水里商工体育班。上学几年，她不仅成了草上曲棍球、西式划船和激流泛舟的高手，更以傲人的三围和姣好容貌成为男生们心中的女神。

由于长相甜美，她很快就被星探发现了。2006 年，她是台北首届国际重车产业展展会的代言人；2007 年又为 SUZUKI 机车做代言；不久又登上了台湾《两轮新车改装车年报》刊物封面，李睿纭穿果绿色缎面比基尼，身材火辣。

一个阳光温和的下午，李睿纭带着自己的拉布拉多爱犬去散步。这天蹊跷的是，平时很听话的狗不听指挥了，拉着她一直往前跑，最后来到街边一家车行外，只见里面排着一堆花花绿绿的摩托车，引擎轰隆声不绝于耳。她好奇地走了进去。

一进门，一辆桃红色的摩托车就引起了她的注意，老板迎上来：“有兴趣啊？”

李睿纭目不转睛看着车，竟忘了回答。这台机车真靓啊，那身架，那线条，那光泽……以前怎么没有注意到。此后，她像被人下毒了一样天天都往车行跑，渐渐也和老板熟悉了。

“要不要试试？”某天，老板问她：“喏，这是头盔、衣服和车靴……”

“啊？可以吗？”李睿纭大为惊讶。以前，她为杂志拍过摩托广告，但都是摆几个姿势，拍完就走人，从没想过自己骑一下。

“外面跑两圈试试嘛……”

也许是冥冥中的缘分，上车后那自由飞驰的快感让她彻底爱上了这台桃红色机车，买下。从此，大街小巷的摩托车队伍中，多了一位靓妹。

2008 年，李睿纭开始进行正规赛道训练，天生绝好的车感让她进步迅速，跑比赛不出一年，她已是台湾赛车界的名人了。她的赛车服是定制的，桃红色，非常引人注目，在众多车手中一眼就能认出。

2010 年，她参加了台湾速克达（TSRRC）赛车锦标赛，获得第二名。

除赛车外，李睿纭还兼职车模和平模，随着名气增大，也引起了文艺圈的注意，徐克的电影《女人不坏》请她担任女主角桂纶镁骑机车的替身，电影版《痞子英雄》也请她做陈意涵的替身，同时她还参加了收视率极高的《国光帮帮忙　看不出正妹是做这行》电视综艺节目。

李睿纭这种艺人和车手的双重身份，自然收获了海量男粉丝，大家都叫她 Pink Lady。

界内有人评价：“李睿纭的车服和车子都是桃红色的，在赛场上就像蝴蝶一样飞。她真是个让女生绝望，让男生盼望的车手！”

男生在网上不吝赞美之词：“她车技超炫啦，成绩也很赞，穿这么厚实的车服跑，依然感觉身材超好！”

“正妹太温柔，我好迷她哦！”

李睿纭的苦恼也在于此，在摩托车这个男人称雄的世界里，对她性感的关注超过对车技的关注。不过，她也有所准备，既然选择了赛车，就不要太关注别的，做好自己最重要。

2011 年是李睿纭丰收的一年。年初，李睿纭拿下了钜丰 MOTO 90 分钟双人耐久赛冠军；8 月，参加新蜂女子车队穿越丝绸之路活动；年底，又参加 TSR 机车锦标赛和中国超级摩托车锦标赛，分别获第五名和第四名。

这样形象车技俱佳的选手，李鹤当然不能放过，拿下。

有了一位疯狂小魔女，还有一只飞舞花蝴蝶，李鹤的目光转向了香港选手高羚芝。

高羚芝，人称阿娇（不是那个艺人阿娇），28 岁，大眼圆脸，性格活泼，一笑就露出一对可爱兔仔牙。她与父母及妹妹同住香港顺天邨天韵楼，是名虔诚的基督徒。

阿娇是搞电脑手机产品销售的，曾在铜锣湾时代广场专卖苹果电脑产品店铺任店务经理，后到中环 IFC 国金中心商场苹果电脑旗舰店工作，负责支援后勤小组主管。

阿娇 2002 年考取驾驶执照，上下班骑摩托车代步，在人流如织的香港街头穿梭，练就了一身飞车技艺。阿娇追求速度感，但不追求大排量，三年前入手一部价值 1.7 万多元的 150cc 台湾三阳绵羊仔电单车，这个小排量车让她骑得风驰电掣。两年前，她作为个人参赛选手进入内地赛场，2010 年年初参加了珠海公开赛，和李鹤结识。那时李鹤还没想到以后自己要组建职业车队，和阿娇也不熟，但在比赛练车中，阿娇的飒爽英姿让她印象深刻；其他队的教练也对这个香港女选手赞不绝口，说那女孩的入弯技术强过很多男选手。谁都知道，赛车就是比弯道技术，谁的弯道技术好，谁就跑得快。李鹤向阿娇发出了加入新蜂女子车队的邀请。

阿娇欣然接受，她早就想找个组织啦。

这样，新蜂女子车队新加盟了三个女骑士，三个人除了不俗的车技外，各有特点：南宁女孩大丹丹古灵精怪，台湾美女李睿纭性感妩媚，香港女生高羚芝英气逼人。

李鹤觉得自己出征底气足了。

悲 喜 交 集

2012 年 5 月，全国摩托车锦标赛三水站的赛场上，CRRC 一个新的历史性纪录诞生了：第一次出现了以全体女性组成的车队。

新蜂女子车队 6 名选手是：李鹤（奇奇）、李玥（九儿）、陈丹丹（大丹丹）、李睿纭（Vita）、高羚芝（阿娇）、王艳（燕子）。

还有一个编外的：李小乖。它的任务是待在“捷达君”车里，负责照看衣物，并适时为选手呐喊助威。

新峰女子车队的出现成了赛场上的爆炸性新闻。以往，CRRC 虽有女选手参赛，但大都是个人身份，或是男子车队的一员，而现在，女选手抱团儿了！

不过大多数人并不看好她们。

从摩托车公路锦标赛历史来看，经过多年征战，目前已打拼出一批豪强车队，在不同组别的竞争中，他们各自为霸，一亩三分地已被瓜分，谁想进来都不容易。

幼兽王车队、S&S 车队、上海 51 车队、重庆宗申车队、渝安新感觉车队、KOSO 伟业达车队、法斯特 TWPO 车队、西安骑兵车队……都战果赫赫，麾下猛将如云。当年和李鹤一起参赛的小屁孩周盛俊杰、陈远航现今已是幼兽王车队的中坚力量，车技出众，领奖台上如果不见他们的身影，都觉得奇怪。还有 S&S 车队的袁际博等人，原先是同门师兄师弟，现在则成了对手。

新蜂女子车队这时候插一杠子进来，能不能立足，还真是个问题。

但姑娘们绝不是想来打酱油的，6个选手，除燕子是初涉赛车外，其他人都是全国公路赛成绩最快的女生。

这回比赛组别分为改装150cc组、原厂150cc组和踏板150cc公开组，共有来自全国的12支车队61名车手，新蜂女子车队6人参加原厂组和改装组两个组别的比赛。由于没有厂商支持，她们租用S&S车队已退役的旧赛车——豪爵和飞鹰。

赛前，李鹤把大家聚在一起，说：“咱不想别的，就是和爷们儿们拼，给女车手争争脸。”话很简单，但足以让姑娘们血脉贲张，憋足了劲。

5月19日上午原厂150cc组的比赛，6支车队分骑6个不同品牌的摩托车进行比拼。李鹤、九儿、燕子代表新蜂骑宗申摩托车参加本组比赛。

公路赛和越野赛不同，属于“高大上”范畴。

越野赛是选手一字排开，挡板一放下，车手们就冲出去，干脆利落。而公路赛不同，发车前，选手根据排位计时赛的成绩到赛道上等待，每个人前前后后相差个十多米，这时“伞模”袅袅娜娜地来了，站在旁边为车手撑伞、照相、微笑、摆POS。“伞模”们都是窈窕美女，往车手们身边一站，仪态万千，风姿绰约，男车手们的荷尔蒙立刻就被调动起来，一会儿上了赛道，跑得跟玩儿命似的。

“伞模”的作用有多大值得商榷，但有实力的车队大都会重金聘请名模站位，气场上先压一头。有些小车队或者个人参赛的，身边往往没有打伞的，显得有点小凄凉。有时汽摩部副主任龚红果看不下去，还亲自入场为选手打伞，这气场也就大了。

新蜂女子车队的选手本身就是美女，干脆自给自足。当李鹤们上场比赛时，李睿纭、阿娇、大丹丹几个不参赛的选手上去客串伞模，相互激励。女车手的气场也不弱。

随着裁判的旗子一挥，车手们冲了出去。

结果九儿发挥出色，在众多男车手中频繁穿梭超车，最终名列第七，李鹤排在第十。燕子是大伤初愈，李鹤让她上去溜达溜达就行了。燕子本也打算悠着点儿，但是走上赛道的那一瞬间，挑战的本性来了，闷着头一个劲狂奔，逮谁撵谁，过弯道也不相让，竟然差点把夺冠大热门袁际博逼到赛道外去了。不过燕子毕竟经验欠缺，又缺少雨战经验，没有配备雨胎，跑得并不理想，排在第十四位，但也取得了积分。

最后S&S车队的袁际博以较大优势夺冠，他比第二名上海51车队的周刘锋快了32.630秒，创造了1′51″002的单圈最快成绩。马基利车队的谢亮能获得第三。

在改装组，新蜂女子车队拼得很凶，但还是失利了。第一回合阿娇排在第十四，拿到两个积分；李睿纭第十八，没有积分；被寄予厚望的大丹丹求胜心切，出发没多久就摔车退出。第二回合大丹丹在弯心又和阿娇相撞，两人都摔了，大丹丹爬起来骑上车又冲，她要坚持，输了也不服气。

这丫头行！虽然大丹丹没有成绩，但李鹤很欣赏这股狠劲。

比赛结束，成绩出来了：新蜂女子摩托车队拿到了原厂组团体季军！新蜂第一次组队参赛就拿到奖杯，这让李鹤十分兴奋。从领奖台拿了奖杯后，大家兴高采烈地议论着该如何庆贺。李鹤忽然心头一惊，坏了，李小乖还在车里！

由于赛事紧张，她把李小乖忘了！现在已经过了七八个小时了，虽然车窗开着一条缝，但是今天天气炎热，李小乖受得了吗？李鹤风风火火地跑到停车场，打开车门，心头骤然一紧——小乖闭眼躺在车座上一动不动，摸摸它身上，很烫，应该是中暑。李鹤赶紧抱它到空调房间里，李小乖缓过点气，勉强喝了点儿水，但还是很虚弱。

马上回珠海。

李鹤从三水开车一路飞奔回珠海，进城之后，心慌意乱地赶到儿童医院。医生一看李鹤抱了条狗进来，很惊诧，说你这是狗啊，怎么到我们这来了？李鹤说它叫李小乖，就是儿童啊。再说，你这儿不是近吗？

医生粗略地看了看“儿童”李小乖，这时小乖缓过来一点，可怜巴巴地看着李鹤和医生。医生说我不懂兽医，还是赶快去宠物医院吧，离这里不远的。

李鹤带小乖去宠物医院，医生检查了下，建议打点儿葡萄糖试试，让李鹤先去吃饭。

这下，李鹤才想起，从中午到现在她还一粒米没进呢。

“小乖，姐姐去吃晚饭，很快就来接你。”李鹤轻轻说。小乖双眼紧闭，微弱地呼吸着，它应该能听见李鹤的话。不到半小时，李鹤就跑回来了，可小乖还是没有起色。李鹤决定带它回家，也许休息休息就好了。

李鹤把小乖放在副驾，路上她心里一直默念：小乖没事的，没事的。我们马上回家，家里还有你最爱吃的牛肉饼干呢。

李鹤开着车，一边观察着李小乖的反应。她觉得不妙了，李小乖眼睛逐渐黯淡，摸摸它的身体，已经没了心跳。

李鹤哭了，抱着李小乖回到家。这晚她哭了一夜，第二天又哭了一天。

真是乐极生悲啊。她没有想到，新蜂女子车队第一次参赛，就拿了奖杯，还没高兴完呢，李小乖走了！

2012 年 5 月 26 日，小乖的照片传上新蜂女子车队微博，与之上传的还有一张橘红色的风镜照和印有小乖头像的 T 恤衫照片。

李鹤写道："小乖你在天堂过得好吗？这是爸爸给你买的风镜，妈妈给你的 T 恤衫。偶们都很想你，希望你现在过得快乐，如果想念我们就转世过来找我们啊。"

燕子闻听李小乖离世也唏嘘不已，她认为李小乖是在岗位上殉职的，是为新蜂女子车队作出贡献的，这个奖杯有李小乖的一份。当晚她在李鹤的微博上留言："小乖的离去留给我们很多思考。生命咱不可控，我们能做的是在还能笑的时候多笑，能在一起的时候多享受美好的时光。愿这个小生命在天堂安好……"

再夺奖杯

小乖离去，生活还要继续，赛车还要继续。李鹤伤心了好多天后，终于平静下来。燕子说得没错，生命不可控，我们能做的就是能在一起的时候多享受美好，而大家因赛车相聚，不就是一种享受吗？她在珠海租了一套三居室的房子，供女队员住宿训练，准备带队参加肇庆站比赛。

6 月底，新蜂女子车队来到肇庆，这次赛事除 CRRC 以外，还进行 600cc 超级赛，房车“风云战 3 小时耐力赛”，可谓三战合一。由于摩托车比赛要和当地汽车组别赛事同场作赛，P 房不够，部分摩托车组只能将维修区以帐篷形式移师到赛道后的空地，恰逢台风“杜苏芮”来袭，风雷滚滚，和大会海报上宣传的“风云战”很相符。住帐篷的车队除了要应付简易帐篷随时会“起飞”的问题，还要面对没水没电的“原始”环境，为了车队物资的安全而每天都要进行物资转移，很是热闹。

新蜂仍是参加原厂 150cc 组和改装 150cc 组比赛。

7 月 1 日清晨，天降大雨，赛道湿滑，比赛前，燕子上赛道试了下车。这是燕子头一次跑雨地，紧张得不得了，速度不敢太快，很快她就落在最后面。看着别的车手从身边飞过，她觉得很受打击，有点儿想放弃了。下来后，北京哪吒赛车队的朱总看出了她的心思，建议道：“如果你觉得骑得慢丢脸，那就干脆别骑了！”一句话弄得燕子心情沉重，坐着发呆，大丹丹过来拉她的手，问：“小鸟你怎么啦？”大丹丹把“燕子”叫成“小鸟”，倒也贴切。

燕子沮丧地说：“跑得不好，郁闷呢！”

大丹丹嗲嗲地说：“没关系，我跟你一起慢。”

燕子抬头看她，这个 90 后女孩眼神认真又纯净。大丹丹似乎从来就不知道发愁，每次上场前都要仔细化妆，贴假睫毛，打扮得花枝招展，有时间还跳一段街舞。比赛对她来说不是负担，更像是娱乐，是一场秀。是啊，拿奖很重要，但更重要是保持良好心态。

燕子决定还是继续跑，不管名次。慢不丢人，害怕才丢人。

雨过天晴，比赛继续。阿娇开始发威，在改装组第一场获第六名，第二场比赛第八名；李睿纭也找到了些感觉，获得第十二名和第九名；大丹丹第一场得十四名，第二场摔车，没有完赛。

李鹤在原厂组跑，分别获得第十名和第十二名，而九儿获第七名和第九名，都拿到积分。燕子则取得第十五名和第十八名，考虑到她的身体状况，这个成绩实属不易。

和三水站相比，李鹤、九儿保持稳定，而在改装组拼杀的阿娇和李睿纭有长足进步，从三水战的十几名一跃进入前十！

成绩很重要，但更重要的是，姑娘们互相欣赏，玩到了一起。大丹丹和阿娇找到了共同的爱好：装扮大猩猩，两人闲暇时经常包着嘴看谁装得像。

燕子原以为李睿纭是个艺人，一定毛病不少，结果发现不但人漂亮，性格也超好，一点没有漂亮 MM 的骄纵和蛮横，时不时还来点儿搞怪表情，做鬼脸那是一绝，冷不丁地看她一眼就笑尿。有次中午休息时李鹤给了她一块巧克力，她粘在牙上咧嘴笑，看起来像缺了几颗牙，让人忍俊不禁。

另外，李睿纭有股子“小蛮力”，也让她吃惊。那是头天晚上在酒店时，燕子正在打电脑，李睿纭忽然跑到房间门口问：“你看电视吗？”

燕子摇头。

李睿纭说：“我的房间电视坏了。”

“哦。”

李睿纭再问：“你确定不看吗？”

燕子一板一眼地说：“确实不看。”

李睿纭走进来，抱起电视机就走。这是大尺寸的电视，好几十斤呢。李睿纭娇小的身体隐在电视后面，只看见两只穿着拖鞋的脚快速交替，很快出了房间。

燕子目瞪口呆，想起老鼠偷鸡蛋的场景。

8 月 7 日，李鹤率队杀进上海天马山赛车场，本年度的第三站比赛即将开始。

此刻上海正遭遇 11 号强台风“海葵”的袭击，风雨交加。由于受台风暴雨的影响，组委会通知第二天原定验车和练习都被迫取消。不能出去练习，姑娘们很郁闷，不熟悉赛道，影响大了。李鹤除了担心赛道湿滑，还牵挂李睿纭。由于天气原因，台湾来的飞机一再推延，李睿纭迟迟没有过来。如果她来不了，少了一员大将。

萧国滔发音不便，比画着安慰姑娘：“大家都一样，你受影响，别人也受影响。车手干路能跑，湿滑路也要跑。别想那么多，吃饭，晚上吃好的去！”

李鹤虽然脱离了 S&S 车队单独立户，但她聘请萧国滔为教练，所以每次参赛，新蜂女子车队都和 S&S 车队混搭一起。萧国滔不但教技术，对这帮姑娘们生活上也很是照顾，经常请吃饭。姑娘们也不见外，亲热地叫他“滔哥”。

这天晚饭还是滔哥请客。一看有小龙虾，李鹤来了劲头，作为掌门，决定对姐妹们表示一下关怀，她很和蔼地问燕子：“吃小龙虾吗？给你剥一个。”

燕子不爱吃虾，但接受关怀：“你要把那一盘都剥了我就吃。”

李鹤凝视她几秒钟。这燕子吧，别看外表文静，但属于闷骚型，经常转悠点儿小坏主意。居然让她把龙虾全剥了！“总结了你的人格吧，就是没事找抽型的……”

燕子嘻嘻笑：“不是吧？俺这性格人见人爱啊。”

李鹤正要阐述什么是“找抽型”，手机响了，李睿纭来的，飞机终于到机场了，要很晚才到酒店。李鹤放过燕子，决定关怀一下李睿纭。人家大老远从台湾飞来，肯定饿了。她盛了一大盒饭准备慰问李睿纭。滔哥看了看，比画说一个女孩吃不了多少的，别浪费了。

小妹说：“她比我能吃哎——”以往，大家都说小妹人小饭量大，能吃。小妹对此耿耿于怀。

小妹是在去年穿越新疆的路上和李睿纭认识的，朝夕相处了十多天，她的话可信度很高。萧国滔不再多说什么，抓起饭盒继续大勺往里盛饭，直到塞不下。

晚上李睿纭到了，一进屋就吃上了盒饭。大家围在旁边聊天，一边注意这个美女到底能吃多少。随着李睿纭的进度，大家不停交换眼色，估算着最后的结果，接近尾声，所有人都探出脖子看她的饭盒。

燕子欢喜地说：“快看，快看，真都吃完了哎。”

小妹狂喜：“太好啦！我终于不是最能吃的啦。你们都说我是饭桶，她比我吃得多！”

大家狂笑不止，李睿纭面无表情，低头继续寻找着最后的饭粒……什么嘛，能吃说明身体好，好车手都能吃的。

台风影响不能出去练车，所有人只能等待，没事干就找事干呗，一场恶搞开始酝酿。李睿纭很神秘地给大家展示一条夜里收到的短信：“扫妹在死澡”，猜猜是谁发的，什么意思？

骚扰？诅咒？灵异？大家众说纷纭。

李睿纭揭开谜底，这是阿娇想说“小妹在洗澡”，但国语太烂，结果就成了“扫妹在死澡”。众人指着阿娇大笑，阿娇一脸窘，连称不好意思。

阿娇的普通话确实不佳，但不妨碍献爱心。在珠海练车时她看到李鹤的手套坏了，于是这次来上海后，她联系大家凑份子合买了一副名牌手套，隆重呈上！李鹤没想到队员会给她这么贵重的礼物，一千多块呢，感动得语无伦次，脏话连篇，当晚抱着新手套入眠。

又休息一天，天气终于转好。明天就要比赛了，晚上为了提前进入状态，燕子相约几个女孩去S&S车队看看男选手的车载视频，学习点儿经验。这次S&S车队来的袁际博、于洋都是拿过年度总冠军的选手，另一个赵相程成绩也不错。小妹担心人家不给看。车载视频记录着自己赛道上的行车路线、操控方式，属于个人机密。新蜂女子车队现在和S&S车队是竞争对手，给你看了，不就是泄密了?！李鹤说，去看，敢不给看！李鹤是S&S车队出来的，那几个人都是她师弟，平时都是敢揪耳朵的主儿。

燕子几个人到了男选手房间，一看那三位都跟大爷似的躺在床上养神儿。燕子小心翼翼地问，能不能看看你们的车载视频，我们这个……不好意思……

话没说完，几个大爷就懒懒地挥挥手，看吧。人家就没把这个当回事。或者说，女选手上门求教，他们心里乐滋滋的。

于是，几个女孩脑袋凑到电脑前，聚精会神地盯着视频里的摩托车，身体随着摩托车飞驰路线，一会儿左倾斜，一会儿右转向……

几个大爷睡眼惺忪地看着她们，这像四只小天鹅嘛，比画得挺整齐。

第二天，雨停了。比赛正式拉开序幕，所有车队齐聚赛场，观众也都到了。新蜂姑娘们的出现立刻引起围观，哇，女车手！美女呀！这帮女车手在男人堆里确实扎眼，赛服的颜色也各异：77 号李鹤是灰黑色，12 号燕子是红黑白三色相间，65 号大丹丹是黑红色，25 号李睿纭是很撩拨人的桃红……

不断有观众上来邀请女车手拍照合影，女车手也很配合，能得到观众喜爱是挺幸福的事。正热闹着，两个中年男人找到李鹤，自我介绍说是下一站山东泰安站活动组织方，是来学习取经的。

李鹤纳闷，自己又不负责组织，取什么经？

你们是女车手啊！一个戴眼镜的男人道出原委。他早就关注新蜂女子车队了。这绝对是赛道上亮丽的风景，山东站不能没有女车手。山东站向各位发出诚挚邀请：你们一定要来，有啥要求尽管提。

李鹤想想："这个呀……那就找几个男伞模吧。呵。"

"没问题！还有啥要求？"山东人就是爽快。

"高壮帅……"

"放心吧，不但赏心悦目，而且打伞洗车递水递毛巾擦头盔按摩全面服务。"

李鹤和姑娘们笑，什么叫人性化？这就是。山东比赛非去不可。

似乎为了配合姑娘们的好心情，正赛那天，居然放晴。李鹤和陆少妹、王艳跑原厂组。第一回合，李鹤出发没多久就和 S&S 车队小欣撞上了，都是熟人，以前同队的，下来后李鹤对着小欣一顿咆哮，眼睛长哪儿了？怎么跟姐姐过不去啊?！小欣赶紧赔笑脸道歉：赛场上万马奔腾，不是那么好掌控的。李鹤咬牙切齿说下一次饶不了你。第二回合小欣没等李鹤过来，自己先摔了出去。王艳也没跑好，心情又开始郁闷，萧国滔开导她，你第二回合比第一回合快了 4 秒，这就是进步。这么一说，燕子有些释然了，赛车和别人比，也要和自己比。

阿娇和李睿纭参加改装 150cc 组比赛，激情四射。两人第一回合分别跑了第六和第八名，相当不错，插在她们中间的第七名是徐文武。徐文武属于前辈，大叔级的，是渝安新感觉车队的教练兼车手，他 90 年代曾经担任过红河车队的教练，在赛场上驰骋 20 年了，拿过不少冠军，这回被两个丫头前后夹击了。

说起来这大叔和李睿纭有些渊源：两个月前的肇庆站赛前练习时，李睿纭和他一起跑，大叔对这女车手怜香惜玉，做手势示意她跟着自己跑，结果李睿纭误认为是在向她挑衅，于是加足马力和大叔在直线底拼刹车，把大叔吓坏了，生怕她摔车。

下场后大叔心有余悸跟李鹤说："那个小姑娘是谁啊，这么猛?"李鹤嘿嘿笑，她找到李睿纭说："人家是前辈，都跑了 20 多年了，不会跟你拼的。"话虽如此，但她心里却很赞赏李睿纭，车手就是要这股子劲儿。

第二回合徐文武使出浑身解数，而两位女将也紧紧咬住，最后徐文武终是老到，拿到第五；而阿娇和李睿纭紧随其后，分获第六名和第七名，取得了宝贵的 19 分。

两回合结束，实力强劲的幼兽王车队周盛俊杰和陈远航包揽一、二名，毫无悬念获得团体冠军。徐文武的渝安新感觉车队获得团体亚军，而新蜂女子车队获得季军。

新蜂女子车队再次登上领奖台。

李鹤乐开了花。按照设想，新蜂第一年是练兵，第二年来点儿小惊喜，没有想到这么快就拿奖杯，三站比赛拿了两个！这帮妹妹们真争气啊。她招呼大家一起上奖台，展示一下巾帼风采。姑娘们兴奋地跑上台摆起 POS，下面的媒体记者立即一通疯拍。这些女子在男人堆中勇夺奖杯，想不吸引眼球都难。按照传统，获奖者要开香槟庆贺，也许是看这帮女孩抢了风头，五本车队经理王柱边喷香槟边吓唬这些女孩，冠军周盛俊杰和陈远航则干脆拿着香槟酒对着她们劈头盖脸一阵喷射。姑娘们没有准备，惊叫着四散而逃。

下来后，大家回过神来，这也太丢脸啦，两个小屁孩居然欺负起姐姐来了！打回来！但一看台上，两个小屁孩早逃之夭夭。

李鹤和大家商定，以后决不能再被欺负，下次先下手为强，喷他们个满脸浪花找不着北。

当然，前提条件是，要再次登上领奖台。

下一站是山东泰安。

复仇泰安

山东是机车文化氛围浓厚的大省，大小摩托车俱乐部数十家。山东人热情好客。2010 年 8 月，九儿组织 6 个姐妹从北京出发骑车长袭淄博，当地摩友深夜狂奔 150 千米到济南迎接。这次泰安站也搞得隆重热闹，开幕式锣鼓舞狮，彩弹烟花、卡通吉祥物……让人眼花缭乱。运动员统一穿着连体皮衣按队列出席开幕式，接着是大型巡游。除了 12 支参赛的队伍，还吸引了上万摩托车爱好者前来观看，盛况空前。不过车手们到比赛场地一看，大都一惊：这个所谓街道赛的场地是在一个大型游乐园的停车场摆出来的赛道。场地另一端是前来参观的车友和参展商家，两个区域是隔离开的。赛道总距离不足 1000 米，两旁是轮胎墙，赛道狭窄且没有任何缓冲区域。站在赛道中间，一眼看去看不出赛道走向，这让不少新手晕菜。即使是老手，在这种场地也要小心，套圈和超车危险性增大了很多。

这样的赛道燕子第一次看到，阿娇和九儿也说有点儿吓人，轮胎码出的墙像是张大嘴巴的黑风怪。李睿纭倒不以为然："轮胎是起保护作用的嘛，碰上去应该还蛮好玩呢。"

燕子和阿娇、九儿使个眼色，说："你走近摸摸看，很吓人的哟!"

李睿纭没注意她们心怀鬼胎，走到轮胎墙边刚伸出手，后面仨姐们儿忽然一声呐喊，抱住李睿纭将其对折塞进轮胎墙。

李睿纭头露在外面，手脚无法动弹，哭喊着救命。其他车队的选手都看傻了，什么情况？这什么情况？

看着李睿纭的狼狈相，女孩们笑晕了。一旁的 S&S 车队的车手蔡子扬心肠软，把李睿纭救了出来，李睿纭委屈地说："你们好坏哦……"刚说完，她马上又兴致勃勃地建议："哎，我们再去找一个人塞进去……"看来她还想玩更狠的。

女车手确实和男车手不同，玩心大，虽是比赛，也要讲究情调。赛前车辆准备完毕，一看时间还充裕，女孩们就在自己的车上贴各种贴纸，并拿彩笔画图案。

小妹画米奇，燕子画美人鱼，九儿画十字勋章，李睿纭画 kitty 猫，这些吉祥物会给自己带来好运呢。蔡子扬一旁看着挺有趣，说也给我来一个吧。燕子笑嘻嘻地在他车上画了一只长着触角的虫子，蔡子扬研究着说："你这是蟑螂吧？"

"甲壳虫！"燕子觉得委屈，小看了自己的画技。

这边的热闹吸引了香港车手谢亮能前来观看，燕子兴犹未尽，说："帅哥也给你画一个？"

谢亮能受宠若惊，赶紧说好呀好呀。

"想要什么？"

"随便啦。"

燕子略一思忖，很认真地在他的车上画了一幅图：美女，裸体，身材绝佳，凹凸有致，三点处绽放着羞答答的玫瑰花。谢亮能看得心惊肉跳，说这不大好吧？谁呀？燕子知道他对李睿纭很有点儿意思，立马把李睿纭拉来："签字！快签字！"李睿纭看看这幅裸女画，莞尔一笑，很潇洒地在裸女下方签上自己的名字。这个画是如此性感如此珍贵，谢亮能立时血压升高，魂不守舍。李睿纭是头牌美女，场上场下都是男车手的话题，能得到女神的垂青，很有面儿的。这幅画一定要珍藏。谢亮能就这么带着三朵玫瑰花幸福地飘走了。

姑娘们闹是闹，但在上场前，每个人都会用自己独特的方法调整情绪，尽快进入状态。

李睿纭在上海站比赛时，热身后感觉不佳，急得蹲在椅子上蹦，跟李鹤说："姐姐，我想喝酒……"结果她真喝了一杯啤酒，下午的正赛，满血复活了。不过这次她不喝酒了，而在地上铺了张毯子，一板一眼地做起了瑜伽。过了一会儿，又跳起了美国翘臀舞，她边跳边解释："骑车时我常会用到腰部和下半身的肌肉，我的脚要夹紧油箱，而上半身却要放松，所以利用翘臀舞来训练律动，对骑车的节奏很有帮助。"

阿娇和李睿纭不一样，她喜欢静中有动——坐着戴着耳机听摇滚音乐，歌手那种野性的嘶喊可以让她热血沸腾，充满能量。

燕子属于理性派，很冷静地在电脑前分析着车载视频，思谋着自己的战术：这个弯该怎样切，那个直道应如何走。关键是不要被别人带乱了节奏。

李鹤是急性子，走来走去低声骂骂咧咧，告诫自己必须拼到底，看谁不顺眼就把他干了；拼劲很重要。

大丹丹则是另类，上场之前要闭眼意念一下，嘴里念念有词："斯通纳附身……罗西附身……"大丹丹有点儿装神弄鬼的意思，不过到目前为止，那两个伟大人物似乎并没有青睐她。燕子认为她有被樱桃小丸子附体的迹象。

这次比赛，新蜂延续了上海站的状态，阿娇和李睿纭取得改装组季军，冠军依然是五羊本田幼兽王。这个幼兽王也真够牛的，全年四站比赛，三个选手全部包揽前三名。其中，最小的周盛俊杰不到14岁，是最年轻的冠军车手；陈远航16岁；王孝源大些，也就23岁。

而那个带着美人画上场的香港车手谢亮能只跑了第十二名。谢亮能1997年就开始跑比赛了，实力强劲，三水站获得个人季军，这次却栽了。为什么这次跑这么慢？大家分析出原因：他总低头看美女呗，精神恍惚了。姑娘们乐，看来施展美人计很管用。女车手琢磨着这招儿是否能推广——以后谁跑得快就给他画一个。后来，这个性感的摩托车被其他车手拍了照，传到群策网（摩托车专业网站），成为重头花絮。

又要站上领奖台了，李鹤和阿娇、燕子商量，这次一定要让幼兽王车队的那些小兽留下深刻印象。颁奖时，幼兽王的车手果然延续着他们的调皮狂野，拿起香槟对着观众教练一顿扫射，正要转到新蜂这边来，没想到虎视眈眈的女孩早扑了上来，上前三下五除二抓住大头目王孝源，按倒在地，把香槟和水都灌到了他皮衣里，其他两个小家伙仓皇而逃。姑娘们大获全胜，扬扬得意回到P房，正兴高采烈讨论今天的战果时，一阵摩托车引擎声由远而近，接着一股水射进来。原来周盛俊杰和陈远航居然买了水枪，骑着踏板，跑来偷袭，为大哥报仇来了。

李睿纭大喝一声，举着扫把和簸箕把他们打跑了。李鹤说既然他们买了水枪，肯定想大干一场，还会回来，埋伏，赶紧埋伏。

果然没多久，小屁孩又出现了。这次女孩们集体出击，从多方位包抄，最后不但截获了水枪，抢走了摩托，还活捉了周盛俊杰。

李睿纭立即拿来了轮胎一个个套在他身上，然后大刑伺候——用水枪稀里哗啦一顿招呼，顿时屋内欢笑声不断。

颁奖晚宴上，心有余悸的周盛俊杰看见新蜂车队的桌子赶紧绕着走，害怕女孩又整他。李鹤使个眼色，燕子和阿娇几个女孩立马上前将他按住，然后用备好的胶带把他缠在椅子上。周盛俊杰傻了，带着椅子到处蹦，求人松绑。这孩子的老爸和教练坐在旁边的桌子边吃饭边笑，不管他。

没办法，周盛俊杰又蹦回到新蜂车队这边来，抗议："姐姐们欺负小孩子。"

燕子嘻嘻笑："再过一两年就欺负不动了，所以必须抓紧时间。"

李鹤赞同。她在2009年三水站比赛初次看到这个小家伙，那时是初出茅庐，10岁，流鼻涕呢，老爸全程陪同，三年多过去，已经成了赛道上的大佬，可心态还是个小孩子。和这些孩子冠军闹一闹，实在是有趣。

9月10日，泰安站比赛收官，李鹤给队员放了个短假，要求10天后集中，参加穿越戈壁滩无人区活动。

天堂上的阿娇

这次戈壁滩穿越活动，李鹤策划了半年。2011 年，李鹤到三水参加耐力赛的时候，从电视上看到达喀尔拉力赛转播，其中有一位外国女车手给她留下深刻印象。这位女车手摔断了手指，但依然坚持跑完全程。这种意志品质令李鹤久久不能忘怀。拉力赛是一项不断向艰苦自然环境、人类体能极限和赛车技术性能发起挑战的运动，国际有达喀尔拉力赛；国内有环塔拉力赛。李鹤相信，外国女选手能做到的，我们新蜂的姑娘也能做到。所以，她在半年前就和环塔公司联系，策划女子车队穿越行动。虽然没有资金赞助，但她的这个大胆想法还是得到环塔公司支持，并联合了中国狮子会、飓风团队、环球乐驾等单位加入进来，为新蜂女子车队提供后援团队。重庆环松公司为新蜂车队提供 ATV 和 UTV（四轮全地形车的一种，ATV 为沙滩车，UTV 为农夫车），越野摩托车则由环塔冠军周田和蒋秋林提供。

这次穿越选择的路线在库姆塔格沙漠和艾丁湖雅丹群，均为 2012 年环塔拉力赛的其中一个赛段。那里一望无际的碎石沙坡和突发的沟壑，以及变化无常的天气，对女选手都是一个严酷的考验。

按照李鹤的计划，活动最后，还要进行新蜂女子车队的传统公益项目，去鄯善县辟展乡幼儿园和明德小学看望那里的孩子，送去礼物，表达爱心。

由于此次活动是新蜂女子车队第二次穿越戈壁滩，引起媒体高度关注，ccTV5、《中国赛车报道》、大连电视台、群策网都派人前来采访拍摄。

李鹤确定新蜂女子车队参加的人员是：大海、大丹丹、李睿纭、圆圆、东华、燕子、小妹、阿娇、周榕。这其中除了李睿纭、大丹丹、阿娇、周榕外，其余几个人都是参加过川藏行的老队员。

10 天一晃即过，队员们马上要到新疆集中了，阿娇却没有出现，一打听，香港传来消息，阿娇骑车摔伤了，不能前来。姐妹们只好先行，并纷纷发微博和短信表示慰问。

李鹤发短信说：阿娇你不要急，好好休养。我们随时等着你！

这次姑娘们在戈壁滩上的优异表现没有让李鹤失望，7 天的时间，女车手们克服了种种困难，没有一个退缩，圆满地完成了比赛。后援团队的男人们很吃惊，领队何怀军对李鹤感慨地说："说实话，一开始我觉得你们是来作秀的，肯定坚持不下来。因为很多女孩都被环塔搞崩溃了，她们大多待一两天就扔车走人。这儿不光缺水缺食，还孤独无助，很多人都受不了生理上的挫败感，但现在……你们太牛了！"

不过李鹤高兴不起来，如果说新蜂的女车手牛，还有一个更牛的没来，是阿娇。她隐约觉得不祥。

回到北京后，李鹤托人打听阿娇的消息，才知道她这次伤得不轻，头部内出血，动了手术，虽度过了危险期，但仍昏迷不醒。

这个情况通过微博、短信告诉了其他队员，姐妹们感觉到问题严重了，原以为阿娇就是一个普通的摔伤，车手哪个没有摔过呢，但这么长时间没有苏醒，就没那么乐观了。大家牵挂这位优秀活泼的骑手，祈福她早日康复，重返赛场。

也许是有什么感应，10 月 8 日，大丹丹发出一条微博：

“阿娇，你应承过我的，要同我去金苹果练车，我们一起扮猩猩。我知道你一定好辛苦，开刀一定好疼，如果可以，作为姐妹好想为你分担。希望你早好，你一定要醒，同我扮猩猩吖。我数 1、2、3，如果你不回复我，我就默认啦！1、2、3……哪，你没回复你默认，你应承我啦，你一定要做到！”

过了一个小时，大丹丹再次发微博：“你一定要醒，不管你醒过来记不记得我们。你醒过来后，我们会围在你身边，为你述说我们在一起的所有故事。娇，你并不孤单，你有好多兄弟姐妹在默默陪你，为你祈祷。娇，你不用担心我们会离开，我们等你，不管是一年两年，十年，我们都等你。我们爱你。”

大丹丹表达的是全体新蜂姐妹的心声。

然而仅仅过了 24 个小时——10 月 9 日早上，噩耗传来：阿娇去世了！

姐妹们极度震惊，怎么可能?！两个月前还在赛道上生龙活虎风驰电掣，忽然就永远消失了?！

才 28 岁啊！

当天下午，极度悲痛的大丹丹发微博，字字泣血：“我接受不了！你是个骗子！骗子骗子！你是个超级大坏蛋，伤心，伤心，心好痛……你怎么能这样，你说话不算数！”

据了解，阿娇是去参加香港朋友聚会，开小绵羊摩托车途经深水埗大埔道天桥支路突发意外摔车。原以为这是雨天路滑，骑速过快所致，后经医生检查是由于先天脑部肿瘤引起出血失去知觉后摔车。由于术后情况不理想，阿娇最终在 2012 年 10 月 9 日早上去世！

李鹤潸然泪下，这是她和阿娇合作的第一年。这个香港女孩圆满地为车队跑完了四站比赛，助新蜂拿下了三个奖杯，不论作为车手还是姐妹，她都是最棒的。

车友们闻讯，在网上建了一个天堂吧，追思这位英年早逝的追风女孩。

燕子深情地给阿娇写了一封信：

“小燕”，只有你这样叫我。

你说你普通话不好，你说你拼音不好，所以你说：“扫妹在死澡。”

你说篮球是你的最爱，你的梦想是去美国打WNBA。我们说好了下次比赛前还一起打球的，我们说好要一起唱“听是谁在唱歌”，我要给你伴唱啊……

你说了要来北京找我潜水看海豚的。

你说了要挺我的，你告诉我该忘的就忘了吧！

我喜欢你的眼神，我喜欢听你唱歌，我喜欢看你搞怪的表情。

你的车技很棒，你的表情很雷人，你的山东话很搞笑。

我每次有了坏主意都去找你。你身体那么棒，那么有劲儿，有了你咱俩啥都能搞定。

我们说好了，明年还去欺负五本的小孩，没有你，我搞不定啊……

其实，我相信，此时此刻，你就存在于世界上的某一个地方，你能听到我们的声音，你能看到我们都在做什么。你会经常去很多地方看看，你会想到底发生了什么。也许你会惊慌，也许你会焦急，也或许……你比我们都平静。也许你会觉得冷，我知道那有多冷，从内到外，没有温度的冷……

也许对你来说，该做的事情都做了，可以平静地离开了……

也许，时间和空间对于你已不复存在，现在的你，才是真正的快乐和解脱。

又或许，你会来梦里找我。呵呵，我不怕，一定来，记得告诉我你过得怎样。

呵呵，如果是这样，明年比赛的时候，记得要及时来找我啊。

我会念咒的："阿娇上身阿娇上身……"如果明年我成绩快了，一定是因为你在帮我。

我会替你去整五本的小孩，会替你多给王孝源灌点儿水，替你多给周盛俊杰缠两圈胶带……

我还会在休息期间打篮球，没有你，我一个人也可以玩，我就想象着你在旁边。

我还会继续唱那首歌，不光我一个人，我要教会所有人唱这首歌，大家一起呼唤你。

我会去学广东话，你教我的："去济南勾仔！"我已经说得很熟练了。

我现在还会说："阿娇我好挂住你啊！"想你的时候就会说，天天都说，梦里也会说。

我一直告诉自己，你只是太忙了，没有时间再来骑车，也没有时间跟我们联系。

其实你过得很好、很轻松、很快乐、很幸福。

你当然会幸福，因为你那么漂亮，那么可爱，所有人都喜欢你。

你并没有离开，也没有走远，就是在那里，某个地方，一直和我们在一起。

阿娇，我们等你回来…… 会一直等你，一直等你，直到你回来……

2012 年，新蜂女子车队交出的成绩是：团体季军；全年获得 4 个奖杯，分别是三水站原厂组季军、上海站改装组季军、山东站改装组季军，年度团体季军。其中李鹤、九儿、阿娇、李睿纭四位车手进入年度排名前 10 位，这对一个初入 CRRC 的女子车队来讲，相当不错。

失去了一位优秀的车手，但李鹤依然雄心勃勃，既然能拿到季军，为什么不可以拿亚军，甚至是冠军。只要是个车手，只要从事摩托车运动，谁不愿意站在最高的领奖台上？但她不敢说。毕竟，这是和男子同场竞技，每场比赛都是以弱搏强，虎口拔牙。李鹤在车队官方微博上含蓄写道：“三水到泰安，每一位朋友都见证了我们的成长。本年初入，经验有限，我们定更加努力！期待 2013 赛季……”

新蜂女子车队的成绩，引起一些商家和厂家的兴趣，他们纷纷表达愿意支持和合作的愿望，但前提是还要再看看。谁知是不是昙花一现呢？

而对另外的车队和车手而言，确实是吃了一惊，本以为女子车队只是来走秀，搏个眼球，没想到是来搅局的，不把她们当回事还真比不过她们。这让一些男车手觉得颜面无光。既如此，就不怜香惜玉了，我们要玩真的了！

真正的考验来了。就在李鹤积极做准备的时候，一件突发事件让她差点儿崩溃。

心　　结

2013 年春节后，李鹤前往珠海训练，准备 5 月的 CRRC 比赛。这天母亲打来电话，问李鹤能不能回北京。

父亲病重。

李鹤的父亲 20 世纪 90 年代就被查出癌症，动过 3 次手术，一直和病魔斗争着。最近，他忽然高烧不退，经检查癌症已经扩散，肝脏长了 15 个，肺里 3 个，骨头上也有……

母亲告诉李鹤，父亲已决定放弃治疗。他约同学周末聚会，趁体面的时候见大家一面，否则人要死的时候不好看。同时他还决定赴美到李鹤的姐姐那里去，和大女儿度过最后的时光，机票订为 5 月 27 日。

通完电话后，李鹤静默良久，心里很难受。父亲和癌症搏斗 20 多年了，虽然自己有一些心理准备，但当死神真正来临时，还是接受不了。另外，既然是选择最后的时光，爸爸你为什么不到珠海来呢？难道你不愿意见我吗？这让她又想起了以往和爸爸的那些过节，从小父女就处于一个战争状态。爸爸不喜欢自己，不关心也不支持自己做的事，想要一个爸爸的微笑、爸爸的鼓励、爸爸的拥抱那么难……

现在该怎么办？5 月爸爸要出国，而这也正是全锦赛开赛时间，是陪着爸爸，还是备战比赛？

多少年了，她有一个心结。

李鹤15岁时离家出走的直接原因就是父亲。

李鹤的父亲60年代毕业于北京工业大学，随后分配到市法院工作，但工作没过多少年，被诊断出直肠癌，其后长期在家养病。在李鹤的记忆中，变化就是从爸爸患病开始的。这个病不仅摧残了父亲的身体，也将他的性格完全改变了。

李鹤的老爸是个很好强的人，生病以后，他觉得老天不公，才华无法施展，又无人理解自己，常常毫无缘由地发脾气，而对象往往就是他这个小女儿。李鹤记得12岁那年，老爸病重住院。她独自坐公交车去医院找爸爸。那是她第一次出远门，第一次走那么长的路，她不停地看站牌，生怕坐过。

一路上她很激动。老爸住院已很长时间，她好久都没见到他了，一会儿老爸见到自己一定会很高兴的。李鹤边想边满怀兴奋地走进病房，可老爸看见她却是一脸惊愕，随后生气赶她出去，并质问道："你不好好读书，跑那么远来干什么？被车撞了怎么办？"

李鹤委屈极了，她想不通这是为什么。回家路上她哭了一路，从此再也不敢去看他，父女感情也就此落到冰点。

后来父亲出院回家养病，这下李鹤想躲也躲不开了。父亲像猫见了老鼠一样盯着这个小女儿，他觉得这个女儿毛病太多了，什么都看不惯。他要求李鹤按照自己的标准穿衣服，不能和男生通电话，随时翻她的东西检查……

每次发火，他都告诫李鹤：我是病人，我快死了！我的要求你必须服从，没有为什么。我是你老子，你必须听我的话。要不就等我死了，或者你满18岁……

有次放学回家，李鹤见老爸坐在屋里无聊地折纸，她躲在门外悄悄看着，不敢进去。老爸折了一会纸，忽然将纸全部撕碎烧掉。李鹤正在惊愕，老爸发现了她，他猛然站起对她一顿大骂。李鹤吓得不敢说话，只能哭。

还有一回放学回来，李鹤见老爸在她房间翻东西，她去阻止，老爸打量她一阵，气哼哼地问："你怎么穿成这样？赶紧换掉！昨天你是不是跟男生通电话了？你是妓女吗？"

而这只不过是她穿了一条花裙子而已。

李鹤想解释，可老爸一直在骂，东西扔了一地。妈妈出来劝架，家里又吵成一锅粥。

随着李鹤的长大，父亲和她的冲突越发激烈，为此母亲和父亲经常吵架，家里变得很不安静。在北工大上学的姐姐因此时常不敢回家。

语言的冲突终于升级为暴力。有一回，李鹤偷跑出去找同学玩儿，回来后被老爸发现，面对他的质问，李鹤撒了谎，老爸抄起棍子一顿暴打。在他那里，撒谎是不能被原谅的！

这是他第一次打女儿，下手很狠，连棍子都被打断了。李鹤极为惊惧，但她没哭。生性倔强的她认为甭管对和错，用暴力征服绝不行！

此后她和老爸全面开战，你叫我做什么我偏不做，你说往东我就往西，我就是要让你生气！

初中后，李鹤打了耳洞，学会了抽烟、骂脏话，和一群学习不好的孩子们瞎混……李鹤的变化自然让老爸异常生气，于是他加大镇压力度，经常去学校抓李鹤，可李鹤总能有法子逃跑。几回合下来，老爸觉得女儿根本就是个对社会有害的人，他放出狠话：与其这样，不如退学！但这反而刺激了李鹤，她决定不接受老爸的任何教育方式，她要和他死磕！

面对女儿的叛逆，老爸愤怒到极点，他变本加厉地打骂她。李鹤不哭不闹，反而很开心，妈妈和姐姐都哭着来劝，可这根本没用。

虽然每天家里都会爆发地震，但李鹤并没放弃学业，成绩也还过得去。然而，在初升高的关键时期，李鹤出逃了。

出逃方式没有选择月黑风高之夜，而是当着老爸的面逃走。那天，老爸又为一件小事骂骂咧咧，李鹤挎着小包向门外冲。老爸很快发现了女儿的企图，立即跑来抓她，但还是晚了一步，冲到门外的李鹤已在关门的一瞬间把门反锁了。面对老爸的叫骂，李鹤只是微微一笑。

多年以后，李鹤回忆自己的出逃，觉得很正确。再在家待着，两败俱伤，不知道会发生什么。

李鹤自由了，可以随心所欲了，但她很彷徨，我该去哪儿？该干什么？此时，北京丽都饭店旋风歌舞厅贴出了招舞蹈艺员的信息，几个十七八岁的女孩找到她：咱姐儿几个搞个舞蹈组合吧，试试呗！

李鹤一听来了精神，要是顺利录用，吃住问题不就解决了吗？当晚临时组合成立，美少女们粉墨登场，新鲜出炉的她们让老板及在场所有人眼前一亮。李鹤正式成为夜场一员，半年后，由于业务出色，她被派往长春一家 DJ 公司工作。

初次出远门，李鹤没太多留恋。家已经远去，日后每走一步都要靠自己。

长春这家 DJ 公司的老板看到李鹤满脸稚气，问她多大岁数，李鹤微微一笑："我能保密吗？"老板也不再问。这年李鹤虽然还不到 16 岁，但身高已达 165 厘米，再加上体形苗条、纤腰圆胯，长发披肩，从身形来讲，就是个成熟的少女。李鹤先是在公司做灯光总控，后来又去夜场做领舞，每天晚上 7 点到凌晨 2 点上班。一次 DJ 因故没来，李鹤临时上台顶替，结果她充分展示了自己在音乐方面的天赋，不但编排的曲子新颖有趣，同时和灯光、MC配合得也很好。观众们玩得很嗨，自此她就干专职DJ了。随着时间的推移，酒吧生意异常红火，李鹤在长春越来越出名，许多人慕名而至。她的工资也从1500元涨到8000元，在那个年代，这种工资已经算很高的了。

一年后，李鹤揣银子回家。父母对她的归来十分平静，似乎习以为常。这让她很失望，离家出走的日子，家里居然没有找过她，可见自己在父母心中的地位。

此时爸爸注意力全在姐姐身上。姐姐这年25岁，正在闹离婚，家里被搅得一锅粥。两个月后，姐姐终于离婚赴美留学。待姐姐一走，爸爸的心思立即转到李鹤身上，这个野丫头整天在干吗？

李鹤倒也没干什么，手头有点儿钱，当然要享受一下。北京亮马桥硬石餐厅是她常去的地方。这是1996年，京城高档餐厅还不多，而硬石就算很高大上的了。那时大家工资一月才200来块，可硬石一杯啤酒就要50元，所以来这消费的人大都很有来头。李鹤倒没任何背景，但她花的是自己的钱，这一点令她很自豪。

在夜场两年，李鹤变化很大，现在她走的是朋克范儿：头发弄成大波浪，指甲染成黑色，外穿皮革外衣，里面是T恤，下身一条宽大裤子，裤子侧面镶着金属铆钉饰品；耳塞中传出的是重金属摇滚音乐，说话时不时爆两句粗口并打着响指配合；抽烟也有讲究，食指和拇指捏着烟，手掌呈喇叭状，烟蒂不是扔，也不是按灭，而是用指头弹出去老远。

李鹤的“腐朽”生活当然令老爸不能容忍，父女俩又顺理成章地戗上了。过去的日子开始重演，无奈之下，李鹤再次出走。这回远了——德国法兰克福。那时出国留学潮兴起，几个姐们儿一撺掇，李鹤赶趟就去了。

在国外立足的第一步是语言。李鹤原本有些英文底子，后来天天在夜店听英文歌让她大有提升，可这毕竟是英语，德语她可一窍不通。赴德后第一件事就是上当地的语言学校。这年她18岁，由于打扮太潮，老师们都以为她是日本人，见面后还向她鞠躬，而李鹤总以一个双手抱拳的姿势回敬，这让对方惊呼：“哦，李小龙？中国的？”

李鹤戴着墨镜，嘴角扬起一个帅帅的弧度：“对，我是中国人！”

此后这位女版李小龙迅速和各国同学打成一片，这期间她发现外国人对中国了解甚少，甚至对中国的印象还停留在梳长辫、穿大马褂的年代。大家叽叽喳喳：中国有电话吗？有电视吗？中国人吃米饭是怎么回事？一粒一粒吃吗？是不是所有中国人都会功夫？

大家的无知让李鹤觉得可笑。她向老外普及中国知识，比如古代建筑和成语故事，这让老外很是开眼。一次一个意大利同学问：“为什么你们中国人要说老头晒太阳？应该是太阳晒老头才对啊！”

这还真把李鹤问住了。想了半天，李鹤教导道：“哥们儿，你不知道中国语言的博大精深，譬如……打菜，是‘打’吗？不是。搞对象，‘搞’就很玄乎。‘你丫’，不是说你的脚丫子。‘你大爷的’也不是谁的伯父……总之，词儿很丰富，不正常是‘猫儿腻’，丢脸是‘没面儿’，笨蛋是‘大傻帽儿’，死了就是“隔儿屁”啊！呵呵……”

除学习外，生活费得自己挣，李鹤操起老本行——夜场DJ。虽身在异国，但音乐和舞蹈都是相通的，凭着老底，李鹤的能力很快得到老板的认可。

有回演出结束，李鹤趴在吧台上喝酒，一个高大的德国男子向她走来，他想请她喝一杯。

李鹤用英语和他交流，可男子英语欠佳，只能微笑、点头加摆手。

李鹤无奈，操起德语，可她也是一知半解，最后两人玩起了肢体语言。

男子连比带画地说他叫托马斯，日耳曼人，今年30岁，目前在奔驰汽车公司做试驾，平时的爱好是音乐和卸车玩零件！

李鹤一算，哟，这厮比我大12岁呢！李鹤扭头喝酒，她对来搭讪的人一向是礼貌淡定不冷不热的。托马斯倒无所谓，每晚他必来捧场，只为交个朋友，后来随着见面的增多，共同的音乐爱好把他们联在了一起。两个人相爱了。

由于托马斯是贵族后裔，所以模样自然是360度无死角。有一回他带李鹤去拜访自己的叔叔，一路上托马斯都在说叔叔如何富有如何慷慨。可当李鹤见到那个老头时差点儿就跪了，叔叔穿着破烂，身材矮小，哪像个富人?！后来老头带他们参观自己的别墅、私人游艇和直升飞机，李鹤这才顿悟：老话说得好——人不可貌相啊！

不久，托马斯把交女友的消息告诉了老妈，老妈当然欢喜，提出要尽快见准儿媳。

周末那天，托马斯欢天喜地地领李鹤回家，可当与德国老妈相见的一刹那，一场没有硝烟战争就打响了。这位夫人毫不掩饰她的不满情绪，她瞪着李鹤，眼里全是震惊和猜疑：东方人？大卷发？露脐装？黑指甲？我的上帝！我要的是淑女，是闺秀啊！显然她被李鹤雷到了。

李鹤对此并不在乎，这老妈长得也太像“格格巫 ”了吧？三角烧一样的鼻子忒有特点啦！不过，她身材还是很赞的，耳环、项链、手镯、戒指，各种佩饰一个不落，浑身珠光宝气，俨然是正宫娘娘的气魄。这和朴实的中国大妈有严重区别。

这回见面，两个女人只说了几句话，但从对方矜持的笑意中，李鹤能感到阵阵寒气。显然，德国老妈不喜欢她，但托马斯却以德国人一贯的严谨和执着进行着恋爱。

李鹤问托马斯：“你妈不喜欢我，为什么你还要坚持?”

对方一板一眼地说：“我前女友是泰国人。我就喜欢亚洲女孩，我对本国姑娘没兴趣!”

德国老妈一直在反对这场恋情，可儿子却越战越勇，一股子韧劲儿，恨不得天天泡在夜店才好。最后老妈无奈让步，但她说：“交往可以，但我必须好好调教一下这位东方朋克!”

此后李鹤每次去托马斯家，德国老妈都要进行贴身调教。她垂着浓密的睫毛，昂起下颚，露出贵族阶层才拥有的傲慢与优雅，珊瑚色的嘴唇一张一合：“请你像淑女一样说话走路，站时身板要挺，照相时双腿要并拢。”

有回吃饭，她手把手地教李鹤要按顺序拿餐具。

“切牛排时请从左侧开始切，绝不能从右侧开始，因为这样刀与盘子碰撞会发出不雅的声音……”饭后，她抱来一大堆时装杂志兴致勃勃地为李鹤介绍，让她照着书上穿。

有意思！嘿嘿……李鹤觉得这位老妈很可乐，非把我包装成贵族小妞才罢休吗？不过她自己也很好奇，猛女变淑女，这等于让公鸡下鸭蛋哪！当天下午，李鹤盘起长发，穿着一身粉色时装，提拎着蕾丝手袋，带着优雅的微笑曼妙回到学校。一进教室所有人都惊悚了：“奇奇，你没事吧？脑子秀逗了?”

面对大家的震惊，李鹤笑得全身发抖，眼前眩晕。

李鹤成功逆袭了，这令托马斯无比欣慰，他表示要给李鹤一个惊喜。圣诞前夜，他“惊喜”呈上一件价格不菲的黑丝绒旗袍。这是为李鹤专门定做的，托马斯觉得穿旗袍才能反映出东方女人的神韵。

李鹤第一次穿旗袍，而且还是在德国，这让她觉得搞笑。不过既然是托马斯一片真情，她还是穿上了，旗袍开衩偏低，走路只能小步捯，腰肢屁股一起扭动，很不舒服。然而，托马斯却看得神魂颠倒，神韵啊！女神啊！李鹤看看他，找了把剪刀剪个口子，然后一把将旗袍撕到大腿根。她套上靴子，穿着飞着毛边的旗袍器宇轩昂出门了，留下男友目瞪口呆。

一年后，李鹤回国，她觉得德国实在没劲。法兰克福的天气总处于阴霾状态，这里的人也是不苟言笑、僵硬压抑。人刻板点儿也就算了，就连狗也是，你逗它，它都不鸟你，表情那是相当严肃。

李鹤回国没多久，托马斯就和老妈飞来了，他们要和未来的亲家谈谈。李鹤的父母尽地主之谊，请他们去和平门饭店吃中餐，又到新侨饭店吃西餐，接待得非常周到，这让德国老妈很贴心。那时北京雾霾还不严重，也不堵车，人还朴实。德国老妈心情相当愉悦，她示意儿子就按你的想法去做吧。

于是托马斯求婚了，并请求李鹤的老爸同意。老爸不明白自己的闺女为何受这个老外热捧，不过他同意这门婚事，想法很简单，不管中国外国的，结了婚这死丫头就不折腾了。

就在大家商量的时候，李鹤摊牌了，小女才多大啊？还没读完大学，还有很多事没做，我可不想被婚姻拴死。再说，我也不喜欢德国。

托马斯好言劝说，婚后你马上就能拿到德国身份，而且你是自由的，就算离婚你也可以分走一半家产。这些话算是推心置腹了，可李鹤呵呵一笑，财产对我来说算个屁啊！你是居家过日子的人，可我不是。

这晚他们畅所欲言，托马斯恳求李鹤再考虑考虑，但李鹤十分坚决。最后，托马斯叹了口气说，希望你能留下来，就一晚，行吗？

可无论他怎么哀求，李鹤还是离开了。看着爱人离去，托马斯坐在酒店大厅泪流满面。

老爸对李鹤的决定很生气，他说：“人家大老远跑来找你，你还不领情。你不结婚，那咱就断绝父女关系。”

本以为扔个撒手锏就能吓着李鹤，可她却耸耸肩说：“请便吧！”当晚，李鹤失踪。

两天后，托马斯和母亲离开，送机的只有李鹤的父母。就在飞机上天的那一刻，坐在酒吧里的李鹤早已泪如雨下，说自己对托马斯没有感情那绝对是假的，他们曾有那么多甜蜜的点滴，可婚姻和恋爱本身就是两码事。她心疼托马斯，但她深知如果结婚，他们也不会幸福，托马斯是好人，但他性格偏于稳重保守，更没有对生活的挑战，他只想过小日子，而自己一直是个漂浮不定、从不安于现状的人，这样的两个人怎么能在一起？与其这样，不如放手。

托马斯走了，李鹤又回夜店。在三里屯酒吧，她认识了一群性格相投的朋友，其中就有DJ圆圆，此后两个人开始了牢不可破的友谊。

在这个有钱任性、没钱认命的年代，李鹤属于艰苦奋斗、自力更生型。她和圆圆一起办广告传媒公司、做上门销售、搞演出策划，工作期间也认识了很多和她们一样拎包走人、风风火火的丫头，大家混得很开心。那段时间，李鹤的小窝成了女生宿舍，大家一起疯闹，臭贫，把恐怖片都看成喜剧片，十分快活。

李鹤这种状态让老爸气愤，他找到她，决定来个彻底修理。可李鹤对老爸不反驳也不在意，没几天又离家出走去了深圳。

那时的深圳正是大开发时期，全国各地的人都扑向那里，可谓鱼龙混杂，充满活力。

独自行走在大都市，李鹤已是老江湖了。凭着丰富的经验和过硬的技术，她被当地最高档的夜店相中，依然做 DJ。该店老板是香港古惑仔，来往的客人也五花八门。某晚，李鹤从震耳欲聋的舞台走下卡座与朋友闲聊，一个客人跑来送她娃娃和花，李鹤收下并致谢。客人得意了，立刻请她陪酒，李鹤婉言拒绝。虽然目前自己已是夜场明星，但不陪酒、不陪聊、不参加工作以外的任何活动，是她的底线。

客人哪管那么多，这分明是摆谱不给面子嘛，于是他醉醺醺伸出咸猪手。

李鹤面不改色，她慢慢摘掉耳环和项链，扬手扔掉酒瓶，冲上去给了对方一耳光。趁客人发愣之际，她已猴子似的闪进人群中。

客人被打，气得哇哇叫，他张牙舞爪地跑来抓她，李鹤左躲右躲，就是抓不到。整个场子被闹得人仰马翻，就在客人发飙之时，警察来了。

李鹤立刻可怜兮兮地告状："这人喝醉了，正闹事呢!"

原来李鹤手快，早在 10 分钟前就报了警。她很懂得如何保护自己。

2000 年，李鹤回京，为了向父母证明自己是个对社会有益的人，她决定干些平稳的工作。首先她考了导游证，当上了导游。她每日晃着小旗子招呼游客，由于英语很赞，也挺会侃，所以颇受外国游客的欢迎。看着那帮老外屁颠颠跟着自己，李鹤十分自豪。连朋友们也开玩笑：李鹤你从良啦!

刚开始她干得生龙活虎，可后来却让她很气愤。有回带团，旅行车把大家拉到一家特色商店后，一群商家便上来把游客围住了，大有强迫购买的意思。

日程里没安排购物活动啊! 李鹤找司机大叔理论，大叔也不避讳：这是社里要求的，不然我就扣工资了!

此后只要出团，社里都要求李鹤带团员们去购物，也不管大家愿不愿意，反正留下银子就行。

强制购物这坑人的事姐们儿我干不了！李鹤果断辞职，之后火速考了美容师证，做起了美甲和化妆。接着，她又身兼数职，和华纳公司签约做舞美、编舞、拍 MV，一首歌下来收入不菲，少的几千，多的万把，日子过得紧张又滋润……直到北京奥运那年，一个朋友找李鹤帮忙带团，她才又华丽转身，重操旧业。

来京的是两个丹麦家庭，一共六人。李鹤带他们玩故宫、十三陵、长城……途中两人内急，可进公厕没一会儿就出来了。丹麦人问，厕所怎么用？

李鹤双腿弯曲，臀部后撅，她比画道："蹲下便可！"

丹麦人再跑回厕所，但很快又出来："我应该朝哪边蹲？"

这一问把李鹤逗乐了，她使坏说："请你坐北朝南，这个朝向最养生，有助于五谷轮回哦。"

丹麦人思索好一会儿，忽然拿出指南针。这下李鹤差点儿笑尿。

这回带团笑点不少，收入也成正比，还有小费。朋友问李鹤："大家都说你照顾周到，热情细致，你是专业干这个的？"

"不是。"

朋友不解："可干得很专业啊！"

李鹤大笑："那不就得了！呵呵。"

这是李鹤转行后为数不多的一次带团，客串而已。

2002 年，李鹤已是歌手陈倩倩、主持人李煜、香港艺人钟丽缇的私人编舞。一天她忽然接到电话，来电的是一个叫里奥的意大利人，问她愿不愿意来菲亚特集团工作。原来这位里奥是菲亚特公司中国区的老总，中文名孟飞旋，当初他随外国记者团来中国被李鹤接待过，对李鹤的敬业精神很赏识。

李鹤对里奥的邀请感到惊奇，办公室那一套她不会啊。洋老头表示只要李鹤愿意学，他就愿意教。李鹤考虑了三天，决定去大公司见识见识。

上班那天，她专门穿了一套职业装，在镜子里看到自己有模有样的，有点儿感动。工作名义上是前台接待，其实什么事都要干，每天她不仅要接人待物，还要维修电脑，甚至要给上司泡咖啡。在社会摸爬滚打多年，李鹤的情商高于常人，她工作利索，很快分清了哪个上司喝摩卡、哪个喜欢黑咖，这让上司们很受用。不久李鹤被分配到办公室，负责她的是一个会意大利语的中国高管——关总，以前也是导游，由于意大利语很强，被里奥看上了。

关总是名牌大学毕业，很有才，各方面都很优秀，做事严谨到了变态的地步。在李鹤学办公软件的时候，这位高才生就是大神，文档哪个标点是英文状态下写的，哪个符号是在大写或不同字号下写的，他一眼就看得出来。李鹤提交的资料没有一次是一次性通过的，一定要修改四次才勉强过关。关总对李鹤恨铁不成钢，经常说的一句话是："你傻逼呀你！这么点事都学不会！"

如此接地气的话从一个高管嘴中冒出，着实不搭调，可李鹤左耳进右耳出，一点儿不记仇。

我是抱着学习目的来的！李鹤对自己说。一个月后，李鹤学有所成，五个月后，她成了总裁秘书。

在菲亚特一年，李鹤颇有收获，她把大公司所有管理精髓都收入囊中，可接下来的问题是：新鲜感没了，该闪啦！

从菲亚特辞职后，李鹤成了某地产公司的销售顾问。再此后，她转战外语学院进修英语，碰上了那个让她爱恨交织的家伙……

现在回忆起来，李鹤爱上摩托车，和自己的人生经历有关，而这个特殊的人生经历和父亲有关。如果没有父亲，或者是另外的一种父亲，她肯定走的是一条不同的人生道路。

想起父亲，李鹤心里五味杂陈。现在，父亲的生命已经开始倒计时，她应该做点儿什么？

离　　别

5 月初，李鹤回家了。

这是下午，李鹤走进家门，看见老爸斜在沙发上看电视，像一段木头。李鹤想过去拥抱父亲，但做不到。多年和老爸处于战争状态，她心里过不了那个坎儿。

见李鹤来了，老爸拿出一张美国地图，说：“我有很多愿望还没实现呢。我想我们一起去阿拉斯加看看，去黄石公园溜达溜达……”

李鹤不知说什么好，点头。

“还有，希望我们四口人一起开车去趟青海湖，陪你妈妈去库伦旗看看姜家大坟……”

“嗯。”

“还有啊，去一下我经常钓鱼的地方，在石凳上刻自己的名字和生辰……”

父亲很沉静地交代后事，又叮嘱：“不要买墓地，骨灰最好埋在树下。”

李鹤默了一阵，忍住没哭出来，问：“喜欢什么树？”

“随便吧。”

“松树……要松树。”母亲不知什么时候进来了，眼睛红红的。

李鹤点头。出门后她终于忍不住掉下泪来。她爱爸爸，不管以前有什么，爸爸就是爸爸。

现在该怎么办？父亲离京机票是 5 月 27 日，比赛是 5 月 24 日，这些天该怎么办？现在是不是该待在老爸身边？可比赛呢？

如果参赛，能不能集中精力？就算能，也要训练……李鹤突然觉得很多事情都变得没有动力，没有意义。即使去比赛，不练车，怎么比？能安心比吗？不去比赛，车队怎么办？如果只是一个人她肯定决定弃赛，但她有车队啊……

阿娇的突然去世，让她深切感受到生命无常，现在父亲也要走了。

回到自己住处，李鹤又打电话给父母，问是否能改签机票，延期一下，这样她比赛完了赶回来。可得到的回复是不行。

考虑很久，李鹤决定还是参赛，同时试试美国签证，这样就可以完赛后直飞美国，陪同父亲度过最后的时光。至于以后的几站比赛，再说吧。

5 月 11 日，李鹤去看望父母，被告知机票改签了，不过不是推后，而是提前——19 日。老爸怕自己支撑不了多久，所以提前走。

李鹤决定推迟回珠海，19 日送他们上机，因为这很可能是和父亲最后一次见面。至于美国签证，天晓得能不能办成。

18 日下午，李鹤又去看望爸爸，表哥堂哥都来了。李鹤觉得有很多话要跟老爸说，又不知道说什么好。老爸和哥哥们交代各种事，李鹤坐在一边傻傻地听，插不上话。临出门时她想抱老爸，以后恐怕没机会了，可她身体僵硬，就是做不出来。

晚上李鹤开车送表哥回家，表哥知道李鹤和父亲的关系别扭，说：“你原谅他吧。无论他曾经对你有多严厉甚至不近人情，在最后的时刻都应该原谅他……”

李鹤一直忍着没哭，也不知如何回答。怎么会不原谅呢？他也许不是我希望的那种爸爸，当然我也许也不是他希望的那种女儿，但我们仍旧是父女……

李鹤感到自责，甚至觉得父亲的癌症是自己气出来的，起码这次复发和自己有关。她搞车队爸爸是不同意的，房子抵押出去更让家人失望，人的情绪是影响身体的。

第二天到机场的时候，由于眼睛红肿，李鹤一直不敢摘墨镜。坐在老爸旁边，她想说点儿什么，但却说不出一个字。这也许就是父女的最后一面，因为李鹤明白自己拿美国签证的希望不大。李鹤抱着爸爸的胳膊，不知道该不该撒手，她正想给爸爸一个拥抱，父亲忽然问："你什么时候回珠海？"

"送你们上飞机后就开车去。"

老爸想了想说："路上注意安全，最近广东下大雨，雨太大就找地方停下，不要赶路。跑比赛要注意力集中，不要分心。"

"嗯。"

"我很好。爸爸很坚强，你说是吧？"

"是。"

"那女儿也应该坚强……"

李鹤听不清父亲还说了什么，她想赶紧给父亲一个拥抱，可这时父亲转身向安检走去。李鹤愣了一下，下意识要追过去，一群学生乱糟糟地挤了进去，将她挡住了，再一看，父亲已通过了安检，回头对她笑笑，示意她快回去。只见老爸眼中晶莹一闪，他掉泪了，随后消失在人群中。

李鹤脑袋像裂开了一样疼，耳朵嗡嗡响，呜地一声哭出声来，没来得及抱抱爸爸！

开车去珠海的路上，李鹤泪流满面，她一直想着和老爸离别的场景，老爸说的那些话应该是对她说过的最温暖的话了，在她的印象中，老爸从没说过这种话。

回到珠海，李鹤神思恍惚，觉得状态很差，不过还是率队参加了三水站的比赛。

这次还是跑原厂 150cc 改装组，第一场由于精力不集中，李鹤跑得特别烂，只跑了十五名，取得 1 个积分。或许是受了她的影响，九儿和小妹也没跑好，落到十九名以外去了。虽然九儿第二场奋起直追，上升为九名，拿到 7 个积分，但新蜂团体成绩是最后一名。

最后一名！去年还是第三，一下子跌入低谷，这让一些专程来探望新蜂女子车队的企业很失望，合作的事不谈了。

比赛结束，李鹤和大海等几个女车手回珠海练车。

由于心情极度郁闷，李鹤总是无法集中注意力，有时边跑边在头盔里偷偷地哭。单圈成绩越来越差，摔车成了家常便饭。S&S 车队的师兄小欣觉得她不对劲，说："你精力不集中，你的心思不在训练上。你都搞什么宣传、挣钱去了。"

李鹤觉得没人理解自己，她没好气地说："废话，不宣传不挣钱，怎么搞车队？我想要集中精力跑比赛，集中不了。"

小欣的话让李鹤很受刺激，回到宿舍，李鹤一头倒在床上。自己好失败，李鹤脑子里乱了：车跑不好，车队做不好，爸爸照顾不好……没有多余的精力做车队推广。她开始生自己的气。

其后几天，李鹤的训练仍是没有起色，成绩越跑越慢，车一压弯腿就抽筋，这是训练不系统导致的。她心情烦躁，对姐妹们的脸色也不好看，一点儿小事就喋喋不休。跑比赛到底有什么意义？费那么大劲，花那么多钱，连房子都抵押了，值吗？想到家庭和车队的一大堆琐事，李鹤就感到压得喘不过气来，精疲力竭，好想大哭一场。但她忍着，她怕影响其他队员的情绪，今年还有三站比赛呢。

跟她一起训练的大海看出了李鹤的情绪，这天晚饭后，大海拉着她到海边聊天，哭，必须哭出来。

坐在沙滩上望着波涛翻滚的大海，李鹤放声大哭，一阵声嘶力竭的宣泄后，感觉真的好多了。

可是，哭真能解决问题吗？

她睡不着觉，头发一把一把往下掉，感到身心俱疲，备受煎熬。

2013 年 6 月 17 日，星期一，这天是父亲节。

凌晨 1 点，李鹤打开电脑，敲下一排字：

“爸爸，我从没对你说……”看着这句话李鹤心里就开始翻江倒海，眼泪掉在键盘上，她赶紧用手纸塞住鼻子，开始一字一字往下敲。

“面对生死别离我无能为力，只有此时我才明白，在我心底深处并不那么渴望你的支持与理解。我只想你健健康康地活着，我简简单单地做你的女儿。我只希望你能多陪我几年，多跟我发发脾气斗斗嘴。爸爸节你从来都没过过，而这最后一个爸爸节我也不在你身边……你一定要等我给你一个拥抱！等我……爱你的臭满意。”

其实，李鹤知道自己永远都说不出这些话，父亲也看不到。这些话只能存在她的电脑里，存在她的心里。

和她预感的一样，美领馆拒绝签证，没有原因。这意味着，北京机场的告别很可能就是父女诀别。对父亲的歉疚和对自己的自责让李鹤几乎崩溃，这种状态下无法练车，也无法集中精力参赛和经营车队。对银行还息的压力也麻木了，房子收走就收走吧，栽在摩托车上也不冤，谁让是自己喜欢的事呢，听天由命。

这时，李鹤接到一个电话，是安徽电视台一档综艺节目《超级演说家》编导鹏飞来的，邀请她参加录制。实际上 4 月份节目组就找过她，当时李鹤对这个节目不感冒，一是不了解这究竟是一个什么套路，二是对“演说家”三个字一直有偏见，牛皮哄哄的。她甚至曾经直言不讳地跟编导说：“演说家是褒义词吗？哈哈！我怎么那么不喜欢特别能哔哔的人呢？再说，我也不是这块料。”不过，她还是去了。毕竟上电视可以扩大车队影响。那段日子正是她父亲癌症晚期确诊的时候，所以李鹤对演说提不起兴趣，无心录制，最终被刷了下来。

这次节目组决定再次让李鹤参加录制，原因是节目中导师队伍里来了一个和赛车有着紧密关系的人——林志颖。林志颖是台湾知名演员，也是一名职业赛车手，不过不是摩托车，是四轮赛车。林志颖 1997 年 9 月第一次进入赛道，驾驶法拉利 348 获得“ 超级跑车杯”季军，这年他 23 岁。其后，他多次参加中国雷诺方程式比赛和泛珠挑战赛，大大小小拿过 17 个冠军，参加的亚洲方程式也获得第五，是一名很有天赋的车手。他这种身份在演艺界可谓独一份。节目组希望李鹤和林志颖碰撞，说出自己的故事。

李鹤确实有故事，有满肚子的话要说。这几个月，李鹤尽最大的努力扛着一切困难：父亲重病，大笔贷款冻结，车队运营超支，活动赞助渺茫，比赛辛苦……想到这些就想哭，但是不敢哭，也不愿意哭。她知道眼泪改变不了什么，唯一能做的就是扛着。

故事悲情，说出来虐心。但如果能打开自己心中的结，那也未必不是一件好事。再说，她现在代表着新蜂女子车队，为了车队，应该出战。

李鹤奔赴合肥。

超级演说家

《超级演说家》这档节目有四个导师，分别是原央视著名主持李咏、凤凰卫视主持鲁豫、演艺明星林志颖和培训师乐嘉。和其他类似节目一样，先是演讲者面对300个现场观众，自己说一通，四个导师如果看上了就按灯，这时演讲者可以反选导师，然后各导师带着自己的学员培训，淘汰几个，剩下的最后和另外组的PK，决出冠军。

在录制之前，编导问李鹤最希望跟随四位导师中的谁。李鹤觉得林志颖和鲁豫是比较有希望的，赛车的共同话题和女性的善解人意都会有机会被认可。而另外两位导师李咏和乐嘉，李鹤觉得“脸生”，当李鹤一脸迷茫地问乐嘉是谁的时候，编导差点儿晕过去：“《非诚勿扰》啊!”他大呼小叫，让李鹤赶紧“百度”一下这个人。

乐嘉是在江苏卫视大型生活服务类相亲节目《非诚勿扰》中火起来的，他和主持孟非搭档。作为研究性格色彩学的嘉宾，他对那些台上男男女女的行为性格作分析，以言辞犀利、性格张扬著称。虽然这个节目连续几年拿下全国同时段同类型节目的收视冠军，但李鹤是个与世隔绝的人，基本不看电视，又不关心相亲，对名人的八卦是非也不感兴趣，所以对乐嘉这个名字根本不知道。在录制前一天晚上电视台正好播出《超级演说家》第一期，李鹤赶紧补课观看，原来是那个秃头!

上场前编导问李鹤对乐嘉有何印象，李鹤回答：安全感。怎么会对这个光头会有安全感呢？李鹤也说不清楚，直觉吧。

李鹤上台了，她穿牛仔短裤，腰间挂皮包，长发上戴一顶棒球帽，看上去很有“摩托”性。她站好之后，右拳抵住左掌，四下拜拜，这个彪悍的江湖招呼模式让四位导师哑然失笑——果然是个掌门。

李鹤先说了赛车经历，然后说起了自己的父亲。讲起从小和父亲的冲突和伤害，也讲出了现在对父亲的爱和崇敬……这一切可能已经晚了。

说到这里，李鹤哽咽了，僵硬地站在台上，告诫自己：别哭，别哭。

导师开始留灯选择，林志颖对李鹤赛车手的身份感到惊奇，表示摩托赛手比他更了不起，因为更危险，尤其是女孩子，非常难得。话是这么说，但是他并没有选择李鹤。而鲁豫也是一番“不简单、不容易”感慨后没有留灯。留灯的是李咏和乐嘉。现在李鹤可以反选。李咏说他喜欢摩托，并开玩笑说李鹤以后是否可以搭着他跑一段赛道，体验体验，李鹤回答恐怕得用绳子拴上你。这引起满场笑声。而乐嘉的问话很冲，指出她刚才的演说在情绪上有些控制不住，内容也过于简单，没有抓住重点……这个那个一堆不是。李鹤有些受不了，既如此，你留灯干吗？最后乐嘉忽然说了句：“我刚才的说话方式，像你父亲吗？”

李鹤愣了，眼泪瞬间掉下来。因为他的语气太像了。其他的导师都以为是个玩笑，而李鹤的感受却像一把刀插进心里。她隐约觉得，这个光头似乎理解自己和父亲之间的那些倔强与对抗。

李鹤坚定地选择了乐嘉。

对李鹤来讲，晋级胜负都不重要了，她期许的是：做性格研究的乐嘉能帮她迈过心里这个坎儿……

下一步是导师带着自己的学员培训，然后参加决赛。

培训时间定在9月，还早。

这一段时间，李鹤先把心思放到训练上。

火烧天马山

2013 年 6 月，李鹤又回到珠海，召集姑娘们训练，备战 8 月在上海举行的 2013 年“猛狮电池杯”全国公路摩托车锦标赛。

大丹丹从广西过来了，仍是一副笑嘻嘻满不在乎的样子。

对付这个小懒虫，李鹤的方法是每天早上用手提大喇叭对着她耳朵叫：“臭丹丹！你被包围了，起——床——啦！姐姐看你来啦！”

这方法很灵，喇叭一响，大丹丹一弹而起，惊骇地手抚胸口：“哎哟，我的小心脏啊……”随后被撵出去训练。

8 月初，李鹤率领新蜂女子车队来到上海天马山赛车场。

天马山赛车场在上海西面沈砖公路一侧，离市中心 50 千米左右，赛道全长 2.063 千米，直线段宽至 12 米，共有 8 个左弯和 6 个右弯，其中 4 个弯道更宽至 14 米；逆时针的行驶方向别具一格，被称为集挑战性、观赏性和趣味性于一体的赛道。无论置身看台还是贵宾包厢，都能尽览整个赛道。

这年上海奇热，赛前已经连日 40 摄氏度以上的高温，据红外专业仪器测量，赛道地表温度将近 70 摄氏度，而离地面一米的空气温度也达到 50 摄氏度。这样的条件下赛车，不仅车手需要防止中暑，车辆也要扩大散热系统。在前几日的试车练习中，一些车队部分赛车在高温中出现不同程度的爆缸状况，拆开发动机检查，里面粉碎和扭曲的零件就像瞬间融化的雪糕那样一塌糊涂。KOSO 伟业达车队连爆了三台车引擎，赶紧火速空运调新车。赛会方也赶紧为车手准备冰块祛暑。

这样的高温，赛车手还要穿着整体的皮衣比赛，严酷性可想而知。前来参访的记者写出的新闻标题是：火烧天马山。

李鹤不想成绩，能完整安全参加完比赛，就是胜利。

然而赛前的一次训练中，担心的事情还是发生了，大丹丹在出弯即将拐到大直路的时候，中暑晕倒摔了出去，“嗨塞”直接撞上护墙。

大丹丹是比较能摔的人。数月前的西安站比赛，她练习时就摔车多次，但都是拍拍屁股爬起来再跑，还获踏板公开组第十一名的好成绩。她曾得意地说：“我好经得住摔哦。大家都有受伤，可我就是摔不坏！你说我是不是犀牛皮做的？”

有一次训练，她连续摔了七八次，照样没事，以致机械师都哭丧着脸恳求：“求求你，别再摔了好吗？”

可这一次她终于摔了个狠的，爬不起来了。大丹丹后来回忆自己摔车的那一刻：“我摔车时已喘不上气，眼前一片模糊，就像播放音乐视频没有 MV 图画一样闪，看你们也看不见。躺在地上用力呼吸，感觉快失去意识了。我努力保持清醒，一直强忍着站起来走出赛道，心想我在地上就算摔不死，也要被太阳晒死了。”

受伤后，大丹丹被紧急送往医院，经检查，右肩锁骨粉碎性骨折成四段，一至两厘米移位。李鹤赶紧让师兄豪哥给在北京的车手燕子打电话联系，找一家熟悉的医院。因为上海所有车队都在忙于比赛，来北京治疗反而方便些。燕子因身体原因不参加比赛，但准备去上海观战，听说大丹丹骨折，赶紧取消了上海行程，联系了 304 医院。

这个医院她自己因骨折治疗已去过多次，医生和护士都已经很熟了。

燕子给自己曾经的主治医生打电话，说要送来一个人。朱医生一猜准是哪位车手倒霉了，笑呵呵问："这次又是谁啊？"有点儿幸灾乐祸的味道。

大丹丹在小妹的陪同下坐高铁赶往北京，又打的到医院。小妹把大丹丹移交给燕子后，立即又赶回上海参加比赛去了。

燕子打量着大丹丹，这丫头还真皮实，吊着一条胳膊，坐了 5 个小时的火车，还咧嘴笑呢，不愧是小魔女啊。

很快大丹丹进了手术室，由曾经给燕子做过手术的朱医生主刀。手术结束后，大丹丹觉得这事挺简单的，不就是固定几个钢钉加一条钢板吗。

她对医生说："我就不住院了，我要回上海为姐妹们加油，第二天就是正赛，时间还来得及。"

朱医生瞪着她，这太雷人了，这些女车手都什么脑子啊，不要命了？比赛有那么重要吗？刚做完手术，又挤火车去？我就是给你焊上钢条也保不齐骨头再出个差错，到那时你这半边膀子就废了！

在医生和燕子的阻止下，大丹丹终是没去。

这边手术顺利，那边赛场如火如荼，争斗激烈。

李睿纭和小妹参加比亚乔 125cc 组比赛，这回共有 8 支车队 20 多名选手参赛。赛前李睿纭有些郁闷，台湾一家媒体不久前登出一则图文并茂的八卦——《美女赛手李睿纭爆乳开箱 白皙美胸撑断制服》，说的是在去年底台湾某次国际摩托车比赛上，李睿纭不仅作为车手参赛，还兼职赛车女郎走秀，结果由于上围过于丰满，撑破服装衣带。这已经是半年多前的事了，但现在又被翻出来热炒，网上议论纷纷："不见赛车，只见深 V！""E 奶女车神！完美 size！""你的照片至少可以杀死五千人……"

李睿纭抱怨自己在赛道上的努力怎么看不到，私人话题却被无聊放大，还没完没了了。李鹤安慰她，最好的回击就是用成绩说话。

李睿纭发狠了，计时赛一马绝尘，跑了第二名，这让她在正赛发车时占据了有利位置。接着是正赛，李睿纭状态依然神勇，第一场比赛下来跑了个第一，一下子拿下 20 分。紧跟在她身后的是幼兽王车队的李宗和 GL 车队的吴华斌。

李睿纭的好状态让李鹤振奋起来，如果这位小美女第二场也能延续这个良好状态，就可以破天荒拿下个人冠军。

另外一名参赛选手小妹也不错，拿到第十一名，取得 5 个积分。考虑到她刚刚上海北京来回折腾，这个成绩更加可贵。两个人积分相加是 25 分，有冲击团体冠军的可能。她们的对手是幼兽王车队的李宗和刘加旺，分别是第二名和第六名，两人积分 27 分，新蜂和他们只有两分的差距。

关键的第二场比赛，李睿纭有些失误，但仍跑了第四名，取得 13 个积分，两场相加，33 分；GL 车队吴华斌和幼兽王的李宗分别跑了第二和第三，两场积分相加都是 32 分。这样，李睿纭以 1 分力压两位竞争者，获得个人冠军！

团体方面，幼兽王车队 51 分冠军，新蜂女子车队 43 分亚军，上海 51 车队 41 分名列第三。

上海滩轰动了！个人冠军被一个女孩拿了！20 多个大老爷们儿没跑过一个女孩。

这个结果出乎大多数人意料。一直在督战的汽摩部副主任龚红果惊叹："没想到，没想到……"

虽然赛车也有运气的成分，比如前面的车手跑得好好的，突然出了机械故障、摔车甚至没油了等，结果后面的人就占了便宜。这就是运气。但是好运都是为坚持不懈的人准备的。同为女人，龚红果深知女车手的不易，同男人同场竞技，取得好名次有可能，但是拿冠军非常难。新蜂车队这次获得个人冠军和团体亚军，比去年又进了一步，一年一个台阶。她鼓励李鹤明年还要冲击团体冠军，那是整体实力的体现。

李鹤也没想到会有这样的好成绩，这是新蜂女子车队首个冠军。她这次带队参赛，由于老想着父亲的事，精神状态不好，跑得不理想。姐妹们也看出来李鹤有心事，但都不多问，十分体谅，然后用好成绩给了她一个大大的安慰。

李鹤很感动，这胜过千言万语啊。有这帮争气的姐妹，她一定要把车队做下去。赛后接受记者采访时，她半开玩笑说："虽然按现在的支出收入，那套抵押房子的卫生间已经没了，下一步可能厨房也保不住。但新蜂女子车队一定要保住，要对得起姐妹们。"

给父亲的一封信

父亲生命倒计时的悲伤，车队勇夺个人冠军的喜悦，两个反差强烈的感受撞在一起了。

9 月，李鹤就在这种悲喜交加恍惚状态下前往云南大理，参加乐嘉《超级演说家》的培训。其他导师的培训地都是北京和上海，不明白乐嘉为什么选择大理。不过她很想到这个地方来，苍山洱海，向往已久。

和李鹤一起参加培训还有另外一男一女两个学员。

李鹤不知道乐嘉怎样培训自己，不过她看到对方第一眼就很不爽：乐嘉很随意地穿了身户外服装，李鹤怎么看怎么不顺眼，觉得不稳重，不认真，吊儿郎当的。这样的人怎么能解开自己心中的结呢？

乐嘉似乎没注意李鹤的感受，对她反复追问："你对我了解多少？"

李鹤没好气地说："你对我又了解多少？"

很少见学员这么对导师说话的，李鹤让乐嘉心里一紧，这次算是碰上对手啦。

培训前，乐嘉要和学员们聊聊想法，说说自己的过去。然后选定演说的内容。

李鹤对他有些抵触，有一搭无一搭地说着过去自己那些事儿。

乐嘉说话了，先是简单地分析了她的性格，接着毫不客气地指出她的不足和缺失。李鹤有些蒙了，乐嘉的言辞犀利，态度咄咄逼人，还不时瞪眼拍桌子，弄得她很丢面子。

这也太无礼了吧，李鹤几次想发火，但考虑对方是导师，她只好忍着不说话。但乐嘉看出了她的抵抗情绪，更加变本加厉地折磨她，有一次甚至用手戳李鹤脑门儿……

哇靠！这什么人哪？李鹤真有种暴打他一顿的冲动，但看摄像机在旁，她忍住了，大喝一声夺门而出。

李鹤承认，乐嘉和人沟通的方式直接甚至粗野，说话犹如一把刀，直指内心那块脆弱不堪的一面，而这恰恰像她父亲，不知道乐嘉是故意这样，还是天生如此。反正李鹤觉得自己的冰壳逐步被击碎了。第二天另一个学员在乐嘉指导下给路人做一段演讲，内容是关于亲情的，说的是自己的母亲，李鹤被其中的两个字瞬间击中——宽容。

宽容。这难道是上天的暗示吗？她和父亲的心结就因为缺失这两个字。李鹤悄悄抹掉眼泪，挤出人群，躲在一边。

学员的演讲结束后，乐嘉把大家召集到洱海岸边的一棵大树下，问每一个人对刚才演讲的感受，而当问到李鹤这里，李鹤一个字都说不出来，要求一个人待会儿。

乐嘉带着其他人起身离开了。

李鹤自己一人静静地盘坐在树下。面前是洱海，远处是山。手里紧紧地握着结实的树根，这是一棵高大挺拔、绿叶成荫的古树。这棵树让她想起了爸爸的声音：“我死后不要买墓地，我想要一棵树……”

树。土地。大海。宽容。

培训结束后，李鹤回到北京准备演讲稿。这时赴美签证有消息了：再次拒签。这意味着，她可能永远看不到父亲了。李鹤决定给远在美国的父亲写一封信。这是她平生第一次给父亲写信。

信写得昏天黑地，撕心裂肺，但终于写完了，然后她用微信告诉乐嘉："给爸爸的信写完了。"

乐嘉没有催促李鹤的演讲稿，在微信留言说："你一定要明白一件最重要的事情，这个比赛最终的结果对你不重要。这封信对你和爸爸来说是一种解脱一种化解，不然爸爸会有遗憾的，尤其现在身体这么不好的时候。他看到一定会高兴的。其他一切顺其自然就好……"

过了几天，学员们集中到合肥录制节目，准备比赛，乐嘉问李鹤这次演说想说什么。李鹤动动嘴唇，犹豫了一下，最后慢慢地说出了三个字：这封信。

李鹤的演讲内容就是这封早就应该发出去的信。

爸……

这应该是我写给你的第一封信。在我写下第一个字的时候，我又没忍住眼泪。"爸"这个字离我的心太近了，咱俩多年的对抗总是误伤我的心，可能你也是吧……从来没有机会跟你真正谈谈心，我们一开口就是在争吵和辩论，真假黑白，你死我活。其实我只想让你知道我的感受，可总是在话没有说完就争执起来……这次我很狡猾，我写信，这样就可以听我一个人说完了，呵呵。

你总是得意你的"激将法"，还记得你是怎么让两岁的我，自己主动把依赖了那么久的奶嘴扔到垃圾桶的吗？你都说了些什么我不记得了，但是我记得当时的愤怒和不服。有多少孩子两岁就有了自我意识呢？我居然懂得捍卫尊严。

小时候的我好奇，总是做各种傻事吓到你，一会儿往插头里面塞瓜子，一会儿玩火柴，甚至还有一次捡回个流浪猫，搞得自己浑身是猫癣。

追跑打闹，磕破皮是经常的，你老得给我上药水。

我5岁过生日，你淘气，居然在吹完蜡烛后说我是垃圾桶捡来的孩子。我哭得那么伤心，你们还笑话我。后来这句“捡来的孩子”困扰了我很多年。你们大人真是讨厌，居然开这样的玩笑欺负我，我当真了还嘲笑我。你太淘气了。

小学，我心里一直有个阴影，就是那句“你姐姐学习比你强多了……”爸，我在学校是优等生是班干部，是所有老师喜欢的孩子，但是在你眼里总是比不上姐。考试98、99你不满意，100你也不满意，我的小名为什么叫“满意”呢？干脆改名叫“不满意”得了。我的作业和考卷从来不敢找你签字，因为你总是特别认真地从头看到尾。我总是觉得你喜欢挑我的毛病。但是很奇怪，你越挑我的毛病我就越想证明，可是我的成绩被你否定，又特别灰头土脸，那时候是很难过。虽然我懂得你的严厉是想让我进步，但是我就是期待那一点点的肯定。你抠门，就是不肯给。……（好吧，我原谅你。）

从小你就教育我不能挑食，吃饭不许喝水，不许剩饭。所以一到吃饭的时候我还是很有压力的。不过我喜欢每次吃鱼你都会把鱼脸蛋挖给我吃。你哄我吃木耳说这叫黑蝴蝶，你给我剥虾，剥螃蟹，挑鱼刺……你给我拌鱼汤泡饭。

我12岁，你得癌症，我考初中。记得有一次我自己去医院看你吗？我太想你了。那是我第一次走那么远的路，坐那么长时间的车，特别害怕走丢。当我找到你的病房的时候，心都快跳到嗓子眼了。我想象你看到我时候的惊喜和开心，想象你夸奖我长大了，可以做很多事了……但是进门的那一刻你却说：你来干什么?！后面的责备我都不记得了，当时脑袋有点大，不但没有得到你的抱抱，还被你赶出了病房……我哭了一路，直到哭累了才回家。我懂得你怕我路上被车撞，你怕我耽误学习。你生病已经没有精力再担心我，所以你急了，发脾气了，所以……我原谅你。

凭着优异的成绩保送重点中学。学校很远，你教我骑自行车。刚刚学会的我，背着你和同学偷跑出去，结果回来被你抓个正着。那次你打了我，棍子都打折了。你那么生气，你说我是个撒谎的孩子，你说这是最严重的错误。你愤怒，因为我强忍着不哭，因为我不低头认错……那次是我第一次挨打，13 岁，我告诉自己我不是那种用棍棒才能教育的孩子，我是人，不会因为怕挨打而听别人的话，更不会因为疼而认错……我激怒了你，你失控了。而那次以后我并不怕你打我，我恨你了，对不起爸。

之后的日子咱们的冲突就没有断。在每一次你的管教和惩罚后，我都会变本加厉。我玩滑板摔得浑身是伤只想证明给你看，我不怕疼，所以打我没有用。我做所有让你生气的事情，即使我知道那是错的，就是为了你的一句话而赌气。你总是说：不要问我为什么，我是你爸，你跟我没的商量，有本事等你 18 岁成年或者我死了再说！……我那时倒是总是幻想我死了，也许你就会后悔当初。安眠药我吃过，吃太快全吐了。

你不止一次地对我说：“我没有过爸爸，所以不知道怎么做一个好爸爸。我得了病，是个对社会没有用的废人，所以想为你做点什么，把你教育好……”我是个傻孩子，我一直以为你是在找借口，其实你说这些话是在向我道歉……

……

年初你和妈反对我抵押房子做车队，结果你俩却吵起来了。我朝你大喊大叫，说了很多伤人的话。我到现在都没有向你道歉，我总是把你的负面情绪原封不动地挡回去。在家里，妈妈和姐姐都是自己消化的，只有我，只有我对抗。姐问我为什么，我说，我要做一面镜子，让爸知道他对别人的伤害是什么感受……对不起爸。你会原谅我吗？

500年父子契约

最后，我要和你立个契约，下辈子下下辈子还做我老爸，期限500年。我保证乖乖的，咱俩的修行还没完呢，但是你下次要记得别再用激将法了哈。

契约如下：

我会为你做三点：

1. 我会是个好的孩子，不去做伤害自己和别人的事儿。

2. 我会好好照顾自己的身体，这样就可以在你们老了的时候好好照顾你们爱你们。

3. 我会学会感激和宽容，无论是对别人还是对自己。

你也要做三点哦：

1. 多鼓励多称赞我，相信我，这不会害了我的。与其担心，不如多给我些祝福。

2. 我犯了错误，比如丢了东西，请不要再责备我，我自己已经很难过了。有时候安慰比责备更能让我记住生活的教训。

3. 如果我想哭，让我哭吧，哭完了我就没事了……忍着很辛苦。

除了这些，还有你想加上的条件吗？我都答应。

最后的最后，我必须告诉你，我特别特别特别特别特别地爱你，一直都是，永远都是。请原谅你这个不听话的女儿曾经给过你所有的伤害……如果你原谅我了，就把契约签了。把妈妈和姐姐也加进去……

演讲终于完了。李鹤转身离开，没有欣喜，没有激动，最重要的是没有遗憾。一切都结束的时候是平静的。在演讲前，李鹤觉得这封信对自己是撕心裂肺的，担心能不能撑下去。现在结束了，内心平静得不悲不喜、不惊不慌，没有那种如释重负的轻松，也没有解脱的愉悦，就是那么平静，过去的一切波澜和苦难好像不曾发生。

李鹤走下台，乐嘉过来拥抱了李鹤。李鹤继续往前走，在转弯处的墙角，忽然瘫软地坐在地上，号啕大哭。

李鹤晋级了，但她的心思不在这上面，她关心的是给爸爸的信，爸爸收到后会有什么反应。

几天后，李鹤接到妈妈电话："爸收到信了，看完信后一直闭着眼睛没说话。"李鹤没敢再往下问，忐忑不安发微信告诉乐嘉。

乐嘉胸有成竹回复："无须问。"

不久，"超演"的第二次培训开始，地点在珠海。李鹤一个人从北京开着自己那辆白色的捷达轿车南下，一路听着崔健的《假行僧》，亢奋高歌：我要从南走到北，我还要从白走到黑……她在等爸爸的回应。爸爸会怎么想呢？会不会回信呢？说些什么呢？

到了珠海，李鹤住在宾馆里，忐忑不安地等着爸爸那边的消息。这天晚上，李鹤早早躺在床上，又开始遐想：爸爸，妈妈，曾经的爱人，朋友……手机忽然传来轻微的哔哔声，她赶紧察看：一条微信来了，是爸爸的！虽然还不知道爸爸说的什么，但李鹤瞬间泪流满面。

这是条语音，声音很微弱："爸爸收到你的信了，以后不要再说什么原谅不原谅的话……咱们虽然争吵，但无论发生过什么，你喊一声爸爸，一切就都过去了。爸爸不知道曾经对你的伤害这么重，也不知道你离开家后都发生了什么……"

声音没有了，话没有说完，李鹤知道爸爸哭了。李鹤抱着手机哭得像个几岁的孩子，一遍一遍地听着爸爸遥远的声音。

成长才刚刚开始。

人生里程从这一刻归零。

李鹤并没有走到《超级演说家》的最后决赛，但是，她赢了。

鏖战成都

2013年CRRC的最后一站比赛是在成都金港赛道，时间是10月4日至6日，正好在国庆节假期。

心情大好的李鹤率领新蜂女子车队参赛。

这是李鹤第二次来成都，两年前的5月她和新蜂女子车队姐妹们一起进西藏，就是从成都出发的。这次来参赛的选手除了李睿纭和大丹丹外，王艳、孟立海、陆少妹都是当时去西藏的老队员。九儿没有来参赛，她独自骑行去了西藏，然后计划到尼泊尔，目前正在山路上。九儿喜欢骑车独行，2010年9月她就在没有后援的情况下独闯京蒙疆无人区。她现在已经达到了一个境界：骑车就是和心灵对话，就是在修身修行，有些神秘了。

此次比赛焦点仍在比亚乔125cc组。李睿纭在上海夺冠一鸣惊人，是运气还是实力，这次都会揭晓。

热身计时赛，李睿纭延续着上海站的良好表现，排第二，另一位选手小妹排第九。这成绩相当不错。两人商定，这次不仅要拿个人第一，也要冲一冲团体冠军。

决赛那天，李鹤率队员早早就来到赛场，却不想由于大雾，组委会将原本8点半开赛推迟到中午11点。

离开赛还有两个多钟头的空暇时间，其他队赛手静坐在各自备车房凝神静目，盘算着自己的技术动作和战术安排。而这些女骑士闲不住了，嘻嘻哈哈打闹着玩。首先不安分的是大丹丹。大丹丹在上海摔断锁骨后，医生说这个赛季肯定报销了，没想到这位小姑娘架不住赛车的诱惑，肩膀上钉着钢板，又回赛场，这次独自一人参加踏板组比赛。

大丹丹邀请燕子玩推手，双方对面站着，你打一下，我打一下，看谁最后屹立不倒。小妹看着眼热，到赛道旁玩单杠——这是一排拳头粗的铁栏杆，半人高。小妹在单杠上翻起了跟斗，她的玩法吸引了李睿纭和大丹丹，结果四个姑娘互相比着在铁栏杆上翻起来，最后还一起上，喊着口号来了两次整齐的集体车轮翻，活生生把赛车当成了体操表演。其他的男赛车手看得目瞪口呆，这帮姑娘怎么回事？一种心理战术？

姑娘们正玩得兴起，湖北荆州车队一个人拿着两件白色 T 恤来了，说是家乡那边的摩友很崇拜女车手，求签名。姑娘们欣然应允，每个人签完字后，大丹丹和李睿纭兴犹未尽，开始在白衫空白处作画：星星、小草、花朵、大头贴……琳琅满目地交给对方。湖北人喜出望外地拿起 T 恤跑了；不一会儿又带着两件 T 恤回来，说刚才那签名酷毙了，再来两件。于是大丹丹和李睿纭开始精心作画，两个人比着创意，大丹丹把签名描出了立体字；李睿纭不知从哪搞来了彩笔，画花草画星空，把一件白汗衫弄出个七荤八素五彩缤纷。直到李鹤一声喝，姐们儿，该准备上场了，两个人才想起今天是来比赛的，赶紧换服装。

第一场比赛开始，李鹤和燕子、大海跑 150cc 改装组。在等待出发站位时，李鹤骂骂咧咧，她因为排位赛没跑好，出发位置在后面，和前面的相隔十来米，一开始就输在了起跑线。

上了赛道，各车手野马似的狂奔。赛车手是有风格的，有人凌厉，有人沉稳，李鹤属于前者。她穿一身黑灰赛服，两手握着车把像是两把板斧，如黑旋风一般紧追不舍，那阵势是让前面的家伙留下买路钱。她后面是燕子，一身红黑相间赛衣，风和日丽地追逐，跑得有礼有节。大海很潇洒地压阵，她以前是玩哈雷跑越野拉力的，这才是第二次上赛道，成绩不重要，重要是参与，找感觉，找快乐，所以她虽然落在后面，但不急不躁，行驶沉稳，像是甩着鞭子放羊。

这场比赛李鹤和燕子成绩一般。比赛中有个小细节：那个幼兽王车队的王孝源，就是曾经在奖台上被姑娘们按住灌了一脖子香槟的冠军车手，超李鹤的时候，无意间离得近了些，他赶紧晃晃手表示歉意。这个动作被燕子看到了，在后来的微博上表示赞赏：很有君子风度嘛。

王孝源回复：不表示一下怕下来挨揍啊。

李鹤立即跟帖：你以为晃下手就不揍你了？

接下来是大丹丹出场，大丹丹一个人参加踏板公开组比赛。这位孤军作战的小魔女出发很猛，头紧贴在车仪表板上，像是一只馋嘴猫咪（她的手机来电铃声就是猫叫），前面那些活蹦乱跳的车手就是一群鱼，她喵喵叫着要吃鱼。令人沮丧的是，跑了一半，鱼没吃着，车漏油了，只好退赛，积分也没有。李鹤给她一个拥抱——小妮子肩膀上还打着钢板，不容易。

两组比赛女车手没有积分，李鹤把希望寄托在比亚乔125cc组。这里有李睿纭和小妹，两个人在上海分站获得团体亚军，李睿纭还是个人冠军。比亚乔组使用的车是厂家统一提供的，人人一样，相对公平。

李睿纭一出发就紧咬住前面第一位的幼兽王车队王沨。在上海站新蜂就是和幼兽王车队PK，当时这个王沨只跑了第五，被李睿纭完胜。李睿纭穿的是桃红色赛服，十分显目，像只花蝴蝶在飞舞。王沨虽然冲在第一的位置，但被这只蝴蝶骚扰得十分紧张，老是甩不掉对方，还有几次瞬间被超过。一个爷们儿被一个漂亮女孩追本是十分幸福的事，可在赛场上味道就全变了，赢了不算好汉，输了面子全无。也许是男女搭配、快乐滋味的法则起了作用，每当李睿纭接近时，这位好汉肾上腺素就开始给力，所以李睿纭最后始终没有超过他，获得第二。这也不错，况且其中单圈最快成绩 2′22″505，比王沨 2′23″279 还快近 1 秒。结果，李睿纭拿到 17 分；陆少妹名列第五，也拿到 9 分。

由于拼得太凶，幼兽王车队也付出代价，另一个车手李宗摔车没有积分。这么计算下来，如果下午李睿纭和小妹第二场继续保持这个位置，那么新蜂车队将极有可能夺得团体冠军。

李鹤激动了，如果真拿了团体冠军，哇——赞助商来了，我的卫生间回来了，厨房也回来了！

下午第二场比赛，修好车重新上阵的大丹丹跑了第八名，赢得 8 个积分。这对于没有完全痊愈的大丹丹来说，非常不容易。精神可嘉！勇气可赞！李鹤再给她一个拥抱。

最后就看李睿纭和小妹的第二场了。

一出车就发现不妙，男车手们似乎受了第一场的刺激，玩起命来，小妹第一圈就被一个愣小子撞出赛道。小妹不到 1 米 6 的个子，站着和骑在摩托车上差不多高，体重 80 斤。这一撞，她飞出老远，落在沙石上。不过，她很快爬起来，一试车，还能骑，于是上车继续飞驰，不过已经是落在最后。按照规则，如果她放弃比赛，1 分未得，如果继续骑下去，可能会抢得 1 个积分。别小看 1 分，李睿纭在上海战夺冠，就是比亚军多 1 分，惊险胜出。为了团体荣誉，小妹委屈但顽强地继续跑，从最后一名一直追到第十五名。这场面有点儿悲壮。下来后，小妹到 P 房找到那愣小子，问："你为什么撞我呀？"愣小子说："你挡着我的路了，为什么不撞你?”看来都急眼了。

李睿纭的形势也不大妙，上午跑了个第二，终于让男车手们认识到这位红粉杀手上海站夺冠不是偶然，于是拼上老命。发车后，李睿纭虽然还是跑进第一位置，但很快就陷入包围之中，几个男车手跟李睿纭绞缠成一团，场面格外火爆。有好几次，李睿纭加足油门，眼看就要赶上前面的男车手了，但几个男队员忽然冲上来，一前一后把她夹在中间，还差点儿抹了她的前轮。李睿纭那点桃红色如惊涛骇浪中的一叶小舟，一会儿沉入水底，一会儿又冲上浪巅，时隐时现，中途被几次碰撞，好在李睿纭挺住没摔车，但位置始终在第四，无法突出重围，就这样一直到比赛结束。

最终排名：幼兽王车队获得团体和个人冠军。

新蜂女子车队获得团体亚军，李睿纭获个人亚军。

虽有点儿小遗憾，但李鹤还是很高兴：李睿纭虽没有卫冕，但团体拿到亚军，比上海站又进了一步，没准明年团体冠军正在招手呢。

姑娘们登上了领奖台，香槟一开，稀里哗啦直冲九霄！

晚上在酒店举行庆功颁奖会，宣布年度排名，李鹤要求姑娘们参会必须穿裙子、化妆，高跟鞋蹬着，大眼圈描着，小香水喷着，反正怎么妖艳怎么打扮。赛场上要比爷们儿还爷们儿，赛场下要比女人还女人。于是女车手们一个个打扮得花枝招展去了庆功宴。摩协领导讲话之后，主持人宣布年度排名：比亚乔组幼兽王车队以 160 分获得车队冠军，上海 51 车队 102 分获得亚军，新蜂女子车队 95 分获得第三。车手方面，幼兽王车队的王沨 84 分获得个人冠军，新蜂女子车队的李睿纭 75 分第二，天津桥艺赛车队的姬岩 74 分第三。

亚军李睿纭和冠军王沨一起登上领奖台。李睿纭的装扮坚决执行了李鹤“要女人”的指示：长发披肩，略施淡妆，明眸皓齿，身穿一件黑色镂空修身连衣短裙，足蹬紫色高跟鞋，赛场上的女汉子瞬间变成清纯小女生。主持人来了情绪，问冠军王沨：“被一个美女车手追，是什么感觉?”

冠军脸红了，吭哧一阵，不大着边说：“她跑得很好的，也很努力的……

主持人再问：“那你有压力没有?”

冠军再吭哧一阵，更不着边说：“有啊，我比她重50斤……”

主持人觉得要问出点儿名堂了，加重语气：“别说体重，说技术！我问的是你有什么特殊的感觉?”

冠军再吭哧了一阵，说：“我家里有老婆，还有孩子……”

全场笑翻。

2013年收官战结束。新蜂女子车队取得个人年度亚军、团体季军的好成绩，虽成绩不错，但其中艰辛甘苦，各人自知。

教练萧国滔有个小本子，上面记着队员们各种训练数据，其中有一句话是写给李鹤的：“明年，如果没有赞助就别带姑娘们跑了。我已为赛车傻了40年，现在又轮到你……”

他知道李鹤为这个车队付出了什么。

李鹤理解师傅的好心，可明年是马年。车如马，马年怎么能不跑车?她在微博上写下了这么一段文字：

大家都觉得我为了赛车放弃了一切，但是，我觉得我只是放弃了一些我不需要的东西而已。人的一生中一定会遇到某个人，他打破你的思维，改变你的习惯，成就你的未来，称之为“贵人”。你一生中一定会遇到一群人，他们点燃你的激情，觉醒你的自尊，支持你的全部，称之为“团队”。一生中庆幸遇到一件事：唤醒你的责任，赋予你使命，成就你的梦想，称之为终生追求的“事业”。不要为琐碎之事而烦恼，坚持梦想就好。梦想是什么？梦想就是一种让你坚持而感到幸福的东西。

李鹤要坚持跑下去，她不仅要对得起自己的车手，还要对得起粉丝。现在每次新蜂女子车队参加比赛，周围几乎都围着一大群粉丝索要签名，要求合影。一些女孩找到李鹤，说看着女车手上赛场登领奖台，做着他们一辈子都无法实现的事，她们都觉得很过瘾！还有一个女孩很认真地告诉她：“姐，新蜂就是我的精神动力。”

李鹤发现自己做的事意义大啦，正能量啊！

跑下去，努力跑下去。必须跑下去。

再说，还想想尝尝团体冠军是什么滋味呢。

“蛤蟆”的正能量

2014 年开年，李鹤的努力终于换来了回报，五羊本田公司愿意提供三辆摩托车赞助，时间暂定一年，以后看车队成绩再谈继续合作问题。新蜂女子车队终于有了自己的新赛车。

有了赞助，压力反而更大了。更多的人和媒体在盯着这帮姑娘，各种议论不断，很多旧料又被翻了出来，认为这帮姑娘赛车坚持不了多久，说到底还是作秀，蛤蟆变不了青蛙。李鹤很强悍地在微信上回了一段话：“别拿别人的公式来套我的人。我没有公式，只有信仰；我不要只是生存，我要活得有意义！回答完毕，满意么?”

CRRC 马年的第一场比赛仍是在三水，时间是 5 月。李鹤希望来个马年大吉，回报赞助商和关心新蜂的粉丝。

4 月初，李鹤率领新蜂女子车队的姑娘们集中在珠海金苹果赛场训练。

4 月 16 日，李鹤看见龚红果发在微信朋友圈的一段文字：

友情这东西，玩好了就是《小时代》，玩掰了就是《甄嬛传》。人哪，长了颗《红楼梦》的心，却生活在《水浒》的世界；想交些《三国》里的桃园弟兄，却总遇些《西游记》里的妖魔鬼怪……别说你认识多少人，就看你有困难时还有多少人认识你。天天在一起吃吃喝喝的，有事真的不一定会帮你。朋友，只要质量，不要数量。土豆拉一车，不如夜明珠一颗！一万只青蛙帮你助威，也不如一只蛤蟆陪你作战！与君共勉！紧随大家脚步。

李鹤在这条微信下面点了“赞”。

5 月 10 日，李鹤率队到三水参赛。这次来作战的“蛤蟆”有九儿、陆少妹、李睿纭、王艳、大海、大丹丹。

大丹丹没有参加赛前在珠海的训练，而是从广西住地直杀到三水赛会驻地和大家会合。

李鹤一看见大丹丹就左右审视：“没事吧，你?”

“没事没事。”大丹丹以她特有的广西口音嗲嗲地说，“我能有什么事，姐。”

“少来，就你事多!”李鹤对大丹丹不大放心。去年那件事还让她记忆犹新：10 月新蜂的姑娘们参加成都赛后，各人回家，大丹丹也回到广西。李鹤到珠海短暂休息后，又带着大海几个人到佛山参加 ATV（全地形车）比赛，拿了个季军奖杯，随后驱车赶回北京参加乐嘉的新书发售会。回到北京没两天，大丹丹打电话来了，语调惊悸：“姐，出事了。翘了!”

李鹤吓一跳：“什么事？谁翘了?”

原来大丹丹固定锁骨的钢板翘起来了。

李鹤惊吓不轻，大丹丹在上海站摔断锁骨后，在北京做了手术，两个月后坚持在成都参加了比赛，莫非是比赛的影响？她赶紧让大丹丹来北京复查。大丹丹来北京后，住在李鹤家里，王艳联系了给她做手术的 304 医院。医生一检查，脸色立即沉下来：“小姑娘你怎么搞的？不好好养着，瞎折腾吧？骨头开了，完了，接不上了，残废了。”

残废了?！大丹丹以为听错了，明白过来立马咧嘴就哭，一副梨花带雨、肝肠寸断的模样。医生嘿嘿一笑：“吓唬你的！不过手术麻烦一点儿，要取你胯上的一点骨头接上去。”

大丹丹立即破涕为笑。

“再不好好养着，弄开了就真残废了！”医生加重语气警告说，“这可不是吓唬！”

检查下来后，李鹤问大丹丹：“说实话，肩膀怎么弄的？在成都赛车不都是好好的？是不是回去疯玩？啊，飙车了？”

大丹丹只是笑。

李鹤明白了，车手骑车出了事，都瞒着家里。当初王艳跑山摔骨折，对父母说是被一辆没有教养的货车后面撞的，和骑摩托车无关。送到304医院的时候，对医生也这么忽悠，结果那个胖胖的朱医生嘿嘿一笑：“扯吧，我以前也是个摩托发烧友。你这伤是‘嗨塞’……”

想到这儿李鹤气不打一处来：“你不为自己着想，也要为姐着想！你以为看病不要钱啊！我告诉你，这房子要是被收走了，你就没地儿住了！”

“那我怎么办？”大丹丹觉得问题严重。

“流浪街头！碰瓷儿去，反正你现在吊着胳膊！”

“也是个办法……”大丹丹若有所思，“姐，我碰瓷，你后面跟着收钱……你这一身霸气，没人敢不交……”

李鹤哭笑不得。这次回炉，手术费是6万元。关键不是钱，是她那种大大咧咧的人生态度。

“告诉你，一定要爱护自己！”为了这个小魔女的一生，李鹤觉得要现身说法，“前几天姐从珠海开车赶回北京，出了车祸，差点儿就过去了。人就是那么一下，眨眼的事儿。”

李鹤当时是参加完ATV比赛后，赶回北京参加乐嘉的新书发布会，在高速路长沙段，看见路中间一个抛弃物，躲闪不及撞到了路边隔离墙上。幸亏系着安全带，人没有飞出去，但诡异的是，车后座放的奖杯飞了过来，不偏不倚正砸在后脑勺，血流不少。车也撞得面目全非，十分吓人。她当时想到第一件事就是没有留遗嘱，父母和姐姐都在国外，趁着脑子还清醒，赶紧给在珠海训练的燕子打了电话交代后事，假如姐姐挂了，就如此如此，这般这般……

“生死就在一瞬间，懂吗?”

“还要留遗嘱啊?”大丹丹惊魂未定喃喃道。

“你以为是玩笑? 其实姐也没有什么值钱的东西，以后全给妹妹们了。有件皮大衣还可以，那辆捷达也值俩小钱……”

“那我还是要这辆车吧。”大丹丹盘算了一下，“皮衣可以给别人……”

天雷滚滚！有这么说话的吗?！李鹤瞪着她：“我我我……不管你了，姐多活两年!”

话是这么说，李鹤仍是像孩子他妈一样跑前跑后联系住院、交费、找医生，为大丹丹再次顺利做了手术。术后，来看她的朋友应接不暇，病房里欢乐无极限。一次，车友小欣无比严肃地看着她：“哎，你锁骨有伤，穿不成深 V 服装喽，事业线毁啦。”

大丹丹满不在乎：“什么呀，我屁股上有就行吖。”

这丫头就是这么雷人。

现在，大丹丹又花枝招展一脸春风站在她面前，除了行李外，还带着一把吉他。这好像不是来赛车，而是开演唱会。

“我要给你回报，姐姐。”大丹丹一本正经说。

“好好跑吧，别再受伤。”李鹤叹口气，摸摸她肩膀，“还疼吗?”

大丹丹嘻嘻笑：“这和生孩子一样，痛并快乐着。”

“嘴又贱了吧？你懂什么生孩子！”李鹤哭笑不得。不管怎么说，这丫头伤愈不久就来参赛，够意思，按圈子里的话就是：有种儿！其实如果按天赋来说，大丹丹在几个女车手里面是比较突出的，但是加入新蜂以来，每次比赛都是阴差阳错出点儿事儿，看着要拿个奖杯了，结果不是被撞了，就是车出了故障，老是差那么一点儿。不过果姐说得没错，陪同作战的“蛤蟆”比只会叫唤的青蛙强。要的是一股劲儿。

这次比赛，九儿、小妹和李鹤参加150cc组，大丹丹和李睿纭参加比亚乔踏板125cc组别。这是她们两个人第一次联手作战。这个组共有5支车队22名车手参赛。

150cc组比赛先跑，由于赛前下了小雨，场地有些湿滑，九儿刚跑第一圈就被撞飞了出去，接着李鹤车突然发生故障，也来了个“嗨塞”。两个人前后脚被送到医院，一检查，九儿肩胛骨骨裂，留医院观察；李鹤则全身软组织多处严重挫伤，只好回到赛场旁的酒店躺着静养。

李睿纭和大丹丹来探望，李鹤有些黯然，自己受伤倒也罢了，九儿也摔骨折了……李睿纭见她过意不去，安慰说：“姐，别难过，既然选择来赛车就要接受意外，这是赛车的一部分。她不能参赛了，我们更应该努力跑，跑出她那一份成绩才对得起团队！”

大丹丹没说话，一双眼睛泪汪汪。

两个人走后，李鹤躺在床上凝神。队员们在场上拼杀，她这个掌门只能在床上躺着，没法观战加油，这还是第一次。她感到窝火，本来想好好跑的，结果却出了意外。不过李睿纭说得对，意外，是赛车的一部分。赛车几年了，自己出过不少意外，也看过别人不少意外，关键是你怎么对待这些意外。燕子曾经在博客中历数出最近赛车中的一串意外：凌肯车队张海龙，上海比赛时油门线断了，用手拉着油门线跑完全程；

还有一次跑雨地面镜掉了，用一只手挡在头盔前面遮住倾盆而下的大雨，跑完全程。S&S 车队袁际博，有一次在一个弯道里车压得太低，把挡杆碰断了，只能摘挡不能挂挡，于是他用左手挂挡跑完全程。骑兵车队的马赛，2011 年年度冠军，去年上海站正赛第一场，本来是第一的位置，最后一圈居然没油了；第二场又摔车了，但爬起来又追回来了第四。杭州思美传媒赛车队的封雷跑"天马论驾"超级 A 组时，在比赛热身时 Hside 飞出去，摔伤双手，无法像往常一样捏刹车，仍坚持比赛，最后取得第三名的成绩。……

李鹤感慨，这个圈里，有那么一股劲儿，胜负重要，更重要的是永不放弃的精神。所以，去他妹的意外，摔了又怎样，以后接着干。

李鹤想到这儿又振作起来，在微信朋友圈上发短信：

今日我和九儿因伤退赛。丹丹，Vita（李睿纭的英文名）和小妹你们加油哦。大家放心，九儿肩胛骨骨裂，肋骨木事儿，不过她今天就可以出院啦。我也骨头木事儿，软组织受伤而已。丹丹、Vita、小妹，你们注意安全，预祝跑出好成绩！（下面是网上最近非常流行的一个对联，哈哈！）

上联：no zuo no die why you cry

下联：you try you die don't ask why

横批：just do it

李鹤"哈哈"的这个对联，大概意思是：

上联：不作就不会死，你为什么要作；下联：你作你死，不要问为什么；横批：就这么干。

赛场那边，大丹丹和李睿纭看了微信，呵呵一笑。就这么干。

比赛开始，第一回合，大丹丹和李睿纭发挥都不错，分别取得第四名和第五名，一、二名分别是老对手西安幼兽王李宗和上海 51 车队的章文俊，不过从车队团体成绩来讲，大丹丹和李睿纭两个人 24 个积分是最高的，因为那两位男车手只是孤车突出，车队其他车手摔车没有取得积分。车手就是这样，在速度和稳重之间求平衡，一味追求速度，往往力不从心，摔车导致成绩全无。

大丹丹兴奋了，第二回合如果这么保持下去，那么车队将历史性地第一次拿下团体冠军。李睿纭告诫她不可过于乐观，去年在成都和小妹跑的时候也是这样，第一场团体积分领先，结果第二场小妹一出发就被撞了出去，只跑了第十五名，团体冠军被幼兽王夺走了。所以，冷静、低调。

第二回合上场前，有一段休息时间，车手们用自己的方法酝酿状态，李睿纭仍旧做起了瑜伽，大丹丹却没有按以前的惯例召唤“罗西附体”，而是坐在地上抱起了吉他，有模有样地唱起了《第一次骑摩托》。这歌是她和小妹的最爱，两个人都是广西人，广东广西是一家，因此此歌为广东普通话版。大丹丹唱得劲道又销魂：

点样开摩托，未见过猪行路，食猪肉太多，
擦车的感觉如同拍拖一样甘爽，
十字路口交警一个，抓住无戴帽过个，
漫漫人生只得一趟，无证驾驶怕边个？
咪黑摸摸我依架开始点火，
哦，第一次我骑摩托的时候，
咪黑邪邪忘记开大锁，
哦，第一次我骑摩托的时候，

刹制刹制惊人地撞飞我，
哦，第一次我骑摩托的时候，
慢慢开系啊！单车都几快喔，
哦，第一次我骑摩托的时候，
南国街晚晚，我只能公共厕所前停摩托……

这声音在金属咆哮的赛场显得空灵缥缈，还有些怪异……

附近的男车手好奇，过来察看，被警惕的教练呵斥回去，这是闹你的心呢，小心中计！

第二回合的比赛可谓是跌宕起伏，一开始就有车手抢跑打乱了比赛节奏（闹心的结果？按规则，车手被判抢跑要在总时间中扣30秒），第一圈在过第一个弯道时几个车手又发生撞车事故，大丹丹巧妙地闪过去了。大丹丹记着陆少妹的教训，大丹丹惹不起躲得起。在混乱的局面中，李睿纭脱颖而出，处在领跑位置。5圈过后，李睿纭又被幼兽王李宗超过。在去年上海站比赛中，李睿纭就是以1分战胜李宗获得个人冠军。李宗这次是盯上李睿纭了，但他没有想到大丹丹从后面跟上来。大丹丹左盘右绕，像一只小灵猫悄没声挤到了第三的位置……

冲终线了，大丹丹获得第三，两场积分相加，季军。再一盘点团体成绩，和李睿纭共搏得43分，力压幼兽王的40分！

新蜂女子车队团体冠军！

两个美女虎口拔牙，硬生生地从男人手中夺下了那顶璀璨夺目的桂冠。

从领奖台下来，大丹丹和李睿纭抱着奖杯直奔酒店。

李鹤正在酒店床上心潮澎湃躺着，大丹丹抱着个奖杯冲了进来：

“姐！团体冠军！我们是冠军呀！”

李鹤愣了，随后马上明白过来，冠军！我靠！

“臭丹丹！”李鹤尖叫。她知道大丹丹有实力，但毕竟伤愈不久，能取积分就不错了，结果居然会跑得这么好。这是新蜂女子车队组建以来第一个团体冠军！“蛤蟆”不叫则已，一叫惊天哪！

不作死就不会死，就这么干！

此时最想做的就是热烈拥抱，但李鹤动不了，不能起来，也不能大笑，浑身疼，一阵淋漓痛快的粗口后，李鹤欢呼：“为新蜂骄傲！感谢新蜂的每一个姐妹！爱你们！你们每一个都是真正的 new bee lady！最棒的 new bee lady！”

永远在路上

马年初战告捷之后，李鹤回到珠海，又开始以“遗体告别式”躺着养伤。这场景和5年前那次骨盆摔裂相似。滔哥又有事干了，床前床后忙活，不同的是，5年前李鹤是萧国滔的徒弟，现在则是另一支车队的掌门。不过，在萧国滔眼里，李鹤没什么变化，就是一个普通的女赛车手。

虽然不得不躺在床上，但李鹤心情很愉悦，动不了就看电脑，发微博，和姐妹们叽里呱啦，谈天说地。她过得很是充实。

这日她敲下如下文字：

在你真正找到梦想并为之努力的时候，你并不觉得苦，也不会计较付出，更不在意回报，甚至从来不怀疑是否值得。你只想继续做这件事，在做的时候幸福满足。在实现梦想的路上找到更好的自己。所以，真正的梦想，不用鼓励和奖励，不用鞭策和督促，不用忍心放弃什么、咬牙坚持什么，一切都是心甘情愿，顺理成章。梦想，是真爱，是热爱。

反馈来了，一个车友在她微博上留言：“在通往牛逼的大道上以二逼的精神苦逼地前进，这是幸福。”

靠，这哥们儿怎么总结得这么精辟呢！

晚上，李鹤接到燕子的电话，问她感觉怎么样。李鹤说一句话：幸福，怎么不幸福呢？不久前她收到老妈手机短信，老妈在美国看了央视纪录频道采访新蜂女子车队的节目，说闺女很不容易。妈和爸支持女儿搞下去。这不是幸福吗？

燕子说，太对了，我爸一直反对我玩摩托车的，可前天，你猜怎么着？他老人家忽然给自己买了一辆二手踏板儿，约我一起去跑山！

李鹤大笑：快给油儿啊！

和燕子通完电话，李鹤心潮有些小澎湃。骑摩托车并不是她儿时的梦想，但是，却似曾相识，相见恨晚，就好比你有一个艳遇，结果发现……靠，他就是你的真爱！

5 月 27 日 22 点 54 分零 9 秒，夜不能寐的李鹤在车队官网上发了一个快讯——

新蜂快讯：

“六一”前夕，新蜂女子车队的车手李鹤因赛中受伤，赛后回到珠海基地休养，在此期间得到了各界人士的亲切慰问。车手陈丹丹曾不远万里，深入到李鹤所在的宿舍，为她带去了车队的问候和祝福。车手燕子也发来慰问函，并且热情地将罕见的稀有宝贵补品燕窝一并送与李鹤童鞋，用来伤后调养。新蜂娱乐总监金毛奇更是不辞辛苦地携名贵药材田七前来探望，表达了两岸人民的深切友情与美好祝愿。滔哥、小敏与海哥担负着照顾伤员的艰巨任务，从未有一句怨言。

李鹤童鞋被大家的真情所感动，抑制不住内心的激动，今日在朋友圈感言：感谢党和人民，感谢组织，感谢战友。我一定要战胜病魔，克服一切困难，早日回到温暖的大集体中，早日与父老乡亲团聚。组织与李鹤达成了共识。李鹤一再强调，世界上只有一个新蜂，赛车是新蜂不可分割的一部分，我们要紧紧团结在以新蜂精神为核心的团队周围，一心一意搞赛车，聚精会神拉赞助……

李鹤童鞋以大无畏的英雄主义精神与伤痛作斗争，目前已经取得了阶段性的胜利，身体进一步向良好方向发展。后期一定不能松懈，要紧紧抓住田七化瘀血这个基本点不动摇，切实享受到大家带来的慰问成果，努力实现瘀血的持续减少。这是一个艰巨的任务。实现这一预期目标，既需要扎扎实实地养伤，又需要新的思路和措施。

今天的快讯就到这里，欢迎大家关注“李鹤摔伤”的康复后续工作。为配合工作，李鹤公众微信（订阅号）已开通，以方便其他不明真相和不能自发前往珠海的同志对李鹤慰问。

最后，李鹤表示向全世界支持新蜂的同志致以亲切的问候。

新蜂快讯 5 月 27 日报道

2014 年 6 月 21 日，CRRC 第二个分站比赛在湖北襄阳举行，伤未痊愈的李鹤行走不便，不能亲自参赛。她买了辆两轮手扶电动车，自己站在车上，带领新蜂女子车队的姑娘们走向新的赛场。

我来到这世上
是为了认识太阳
和高天的蓝辉
我来到这世上
是为了认识太阳

和群山的巍巍……

这是李鹤写的一首诗。

人在路上，梦想就在路上。

附：

新蜂女子摩托车队获奖情况

2012 年：

2012 全国公路摩托车锦标赛 CRRC 三水站 原厂 150cc 组团体季军

2012 全国公路摩托车锦标赛 CRRC 上海站 改装 150cc 组团体季军

2012 全国公路摩托车锦标赛 CRRC 山东泰安站 改装 150cc 组团体季军

2012 全国公路摩托车锦标赛 CRRC 改装 150cc 组 年度团体季军

4 名车手进入 2012 年全锦赛个人成绩年度前十

新蜂女子车队被选入 2010 年 ccTV5 体育风云人物前 50 名

2013 年：

2013 全国公路摩托车锦标赛 CRRC 西安站比亚乔踏板 125cc 团体季军（踏板公开组陈丹丹获第 8 名、比亚乔踏板 125cc 组李睿纭获第 11 名，孟立海获第 19 名、改装 150cc 组李玥获第 17 名）

2013 全国公路摩托车锦标赛 CRRC 上海站比亚乔踏板 125cc 团体亚军（比亚乔踏板 125cc 组李睿纭获个人冠军、陆少妹获第 11 名）

2013 全国公路摩托车锦标赛 CRRC 成都站团体亚军

2013 中国全地形车 ATV 越野锦标赛团体年度季军

2014 年：

2014 全国公路摩托车锦标赛 CRRC 三水站比亚乔团体冠军（比亚乔 125cc 陈丹丹获个人季军）

2014 全国公路摩托车锦标赛 CRRC 成都站比亚乔踏板 125cc 团体亚军

2014 全国公路摩托车锦标赛 CRRC 山东临沂站比亚乔踏板 125cc 陈丹丹获第 3 名

2014 全国公路摩托车锦标赛 CRRC 北京站比亚乔踏板团体亚军（比亚乔踏板 125cc 陈丹丹获个人亚军）

2014 年新蜂入选中国摩托车风云车队和最上镜车队

新蜂自 2012 年参赛以来共取得团队荣誉：9 个奖杯，2 个亚军，7 个季军。车手个人荣誉：22 个奖杯，1 个奖牌，个人最好成绩为全国冠军。

李鹤个人经历和获奖:

2008 年 6 月参与电影《爱情左灯右行》拍摄

2009 年李鹤取得中国超级摩托车锦标赛 150cc 组晋级资格

2010 年李鹤获广东三水森林赛车会两小时耐力赛季军

2010 年李鹤获 S&S 锦标赛 125cc 组第一场比赛季军

2010 年 6 月做客北京人民广播电台交通台“103.9 兆赫”牛力老师的《车行天下》栏目，介绍新蜂女子车队“勇闯川藏线”活动

2010 年 8 月参加贵州卫视的《挑战 60 秒》节目录制

2011 年李鹤获中国公路摩托车锦标赛首站——三水站第 7

2011 年李鹤获中国公路摩托车锦标赛年度第 9

2011 年李鹤获广东清远红火赛车场 168 圈耐力赛新锐女性奖

2011 年参加 Discovery 和百度联合举办的“中国 U 活生存先锋挑战赛”并取得决赛第七的成绩，同时参与野外生存纪录片的拍摄

2012 年李鹤获中国公路摩托锦标赛年度第 10

2012 年参与电影《青春荷尔蒙》及《城市游戏》的拍摄

2012 年拍摄 ccTV－2 专题片《城市影像志》，做客北京电视台青年频道【北京客】－《摩托赛道上的霹雳娇娃》

湖南卫视杨澜主持的“天下女人”之“追梦女骑士”节目专访嘉宾

大连电视台专访《为你而来》专访嘉宾

深圳卫视《大旅行家》节目嘉宾

江苏卫视《非常了得》节目嘉宾

2012 年李鹤获天津卫视《中国丽人》全国 8 强“勇敢之美”称号

2013 年浙江卫视《中国梦想秀》选手嘉宾

拍摄个人纪录片 ccTV －9 纪录片频道“新青年” －“铁骑丽人”

2013 年李鹤获安徽卫视《超级演说家》全国 15 强优胜奖

优酷视频《早安，梦想》节目嘉宾

2014 年参加旅游卫视《我是探路者》节目录制